내 귀에 해설이 들려

내 귀에 해설이 들려 5

설경구 현대 판타지 소설

초판 1쇄 찍은 날 § 2020년 8월 20일
초판 1쇄 펴낸 날 § 2020년 8월 27일

지은이 § 설경구
펴낸이 § 서경석

총괄팀장 § 노종아
편집책임 § 최이슬
디자인 § 소소연

펴낸곳 § 도서출판 청어람
등록번호 § 제387-1999-000006호
등록일자 § 1999. 5. 31
어람번호 § 제1-3078호

주소 § 경기도 부천시 부일로 483번길 40 서경B/D 3F (우) 14640
전화 § 032-656-4452 팩스 § 032-656-4453
http://www.chungeoram.com
E─mail § chungeorambook@daum.net

ⓒ 설경구, 2019

ISBN 979-11-04-92239-8 04810
ISBN 979-11-04-92190-2 (세트)

내 귀에 해설이 들려

설경구 현대 판타지 소설

MODERN FANTASTIC STORY

Royals

5

내
귀에
해설이
틀려

목차

제1장

"하늘이 후배를 돕는구나."

이용운이 상기된 목소리로 말했다.

그 이야기를 들은 박건이 재빨리 주위를 살폈다.

"날파리 없는데요."

날파리 떼는커녕 날파리가 한 마리도 없다는 것을 확인한 박건이 대답하자, 이용운이 답답하다는 듯이 말했다.

"이렇게 눈치가 없어서야."

"네?"

"내가 보기엔 우주의 기운이 후배에게 집중되고 있는 것 같다."

"대체 왜 그렇게 생각하시는 겁니까?"

박건이 영문을 모르겠다는 표정으로 질문하자, 이용운이 대답했다.

"내가 아까 아쉽다고 그랬잖아. 메이저리그 스카우터들이 모인 김에 좀 더 강렬한 인상을 남기고 싶었는데, 마침 손태민이 후배에게 그 기회를 제공해 줬지."

"9회 초에 타이런 우즈에게 동점 홈런을 허용한 거 말인가요?"

"맞다. 나중에 손태민에게 비싼 밥 한 번 사라."

"제가 왜요?"

거의 다 잡았던 승리를 놓친 탓에 박건은 속이 쓰렸다.

그런데 승리를 눈앞에서 날린 장본인이나 다름없는 팀의 마무리투수 손태민에게 비싼 밥을 사고 싶은 마음?

눈곱만큼도 들지 않았다.

또, 비싼 밥을 살 정도로 여유가 있는 것도 아니었고.

그때, 이용운이 덧붙였다.

"손태민 덕분에 후배가 마운드에 오를 기회가 찾아왔거든."

박건이 두 눈을 껌벅였다.

방금 이용운이 꺼낸 말의 의미를 이해하기 어려워서였다.

"제가 마운드에 오른다고요?"

"그래."

"언제요?"

"Right now."

"……?"

"설마 Right now가 무슨 뜻인지도 모르는 건 아니겠지?"

이용운이 한심하단 목소리로 질문을 던졌다.

박건이 발끈해서 대답했다.

"저도 그 정도는 압니다."

"그런데?"

"네?"

"안 기뻐?"

'이게 기뻐할 일인가?'

박건이 고개를 갸웃했다.

이미 마운드를 떠난 지 오래였다.

그리고 투수에서 야수로 전향한 후, 성공적인 시즌을 보내고 있는 지금 시점에 다시 마운드에 오르는 것.

과연 기뻐할 만한 일인지 박건은 확신하기 어려웠다.

그렇지만 이용운의 생각은 달랐다.

"아까도 말했듯이 하늘이 후배에게 주신 기회다."

"왜 기회란 겁니까?"

"후배가 이 시점에 마운드에 올라가서 호투를 펼치면 어떻게 될까?"

"음, 신기해하지 않을까요?"

만약 야수로 전향한 지 오래인 박건이 다시 마운드에 올라가서 공을 던진다면?

게다가 그냥 공을 던지는 게 아니라 호투를 펼친다면?

야구팬들은 흥미를 느낄 게 틀림없었다.

'꽤 화제가 될 거야.'

오늘 청우 로열스와 대승 원더스의 맞대결.

야구팬들의 관심이 쏠려 있는 중요한 일전이었다.

그런 만큼 좌익수로 출전했던 박건이 경기 도중에 마운드에 올라가 불펜투수 역할을 한다면 화제가 될 가능성이 높았다.

"기사 몇 개 나오겠죠."

박건의 생각이 거기까지 미쳤을 때, 이용운이 입을 뗐다.

"지금 기사 몇 개 나오는 것이 중요한 게 아니다. 더 중요한 건 저기 옹기종기 모여 있는 메이저리그 구단 스카우터들이지."

"왜 저들이 중요하다는 겁니까?"

"후배가 지금 마운드에 올라가서 호투를 펼치면 후배에 대한 호감이 급상승할 테니까. 투타 겸업이 가능한 선수. 그것도 투타 가운데 어느 한쪽을 포기하는 것이 아까울 정도의 재능을 보여 준다면, 후배를 향한 메이저리그 구단 스카우터들의 평가가 달라질 것이다."

"어떻게 달라진다는 겁니까?"

"활용도가 무척 높다고 판단할 테지."

후우.

박건이 크게 한숨을 내쉬었다.

이용운의 이야기를 가만히 듣고 있다 보니, 메이저리그 진출이 한층 더 가까워졌다는 느낌이 들어서였다.

잠시 후 박건이 물었다.

"만약 호투를 못 하면요?"

"메이저리그 진출은 한참 뒤로 미뤄지겠지."

"한 번 실수는 병가지상사란 얘기도 있지 않습니까?"

박건이 울컥해서 질문하자, 이용운이 흥미를 드러냈다.

"방금 뭐라고 했지?"

"한 번 실수는 병가지상사라고 했습니다."

"요새 공부 좀 하나 보지?"

"하도 무식하다고 타박하셔서 공부 좀 하고 있습니다."

"공부 잘못했다."

"네?"

"한 번 실수는 병가지상사가 아니라 끝이거든."

"……?"

"인생을 바꿀 수 있는 기회는 자주 찾아오지 않는 법이다. 기회가 찾아왔을 때, 무조건 잡아야 한다."

'내 인생을 바꿀 수도 있는 중요한 경기다?'

박건이 속으로 생각했을 때, 이용운이 다시 입을 뗐다.

"투수 박건도 쓸 만하다는 걸 보여줘라."

*　　　　*　　　　*

'좌익수 수비를 하던 도중에 마운드로 향할 일이 과연 있을까?'

프로 경기에서는 자주 발생하는 케이스가 아니었다.

주로 고교 야구에서 발생하는 케이스였다.

그렇지만 박건이 다시 마운드에 설 준비를 하지 않은 것은 아니었다.

이런 상황이 찾아올 것을 예측하기라도 했을까.

이용운이 박건에게 언제든지 다시 마운드에 설 수 있도록 준비를 해두라고 지시했기 때문이었다.

실제로 한 주에 하루는 훈련을 마무리하기 전에 마운드에서 투구 연습도 했었다.

그러나 다시 마운드에 선다는 건 막연히 상상만 해 오던 일이었다.

그런데 그 상상이 막상 현실로 닥치고 나자, 무척 당혹스럽기는 했다.

'왜 날 선택한 걸까?'

마운드를 향해 천천히 걸음을 옮기던 박건이 고개를 갸웃했다.

경기가 연장으로 접어들면서 청우 로열스가 보유한 불펜투수들을 모두 소모한 것은 사실이었다.

그렇지만 박건은 올 시즌 한 차례도 투수로 출전한 적이 없었다.

즉, 투수 박건은 전혀 검증이 안 된 상태였다.

그런데 이런 중요한 경기의 승부처에서 한창기 감독이 자신을 마운드에 올리는 선택을 내렸다는 것이 잘 이해가 안 가는 것이었다.

'앤서니 쉴즈와 내기를 할 당시, 감독님도 내가 투구하는 것을 보긴 했어. 그렇지만 겨우 한 번이었을 뿐인데… 너무 무모한 결정이 아닐까?'

박건의 의문이 깊어졌다. 그래서 마운드로 걸음을 옮기는 속도가 늦춰졌을 때였다.

"무모한 결정이 아니다."

박건의 속내를 읽은 이용운이 덧붙였다.

"한창기 감독은 투수 박건에 대해서 어느 정도 확신이 있기 때문에 후배를 마운드에 올리기로 결정했으니까."

"무슨 확신요?"

"앤서니 쉴즈를 삼구삼진으로 돌려세웠을 때, 후배의 공이 워낙 좋았거든."

"하지만……."

고작 한 차례.

그리고 앤서니 쉴즈를 상대로 공 세 개 던진 것을 본 게 전부이지 않느냐?

박건이 이렇게 항변하려 했지만, 이용운이 한발 더 빨랐다.

"그 한 번이 다가 아니다."

"그게 다가 아니라고요?"

"그래. 후배가 투구 훈련을 하는 모습을 한창기 감독이 먼발치에서 몇 차례 지켜본 적이 있다. 투구 훈련을 하던 당시에 후배가 던지는 공이 좋다는 것을 확인했기 때문에 투수 박건에 대한 확신을 가졌을 것이다."

'감독님이 내가 투구 훈련을 하는 모습을 지켜봤다?'

이건 전혀 알지 못했던 사실이었다. 그래서 박건이 이용운에게 따졌다.

"왜 제게 그 사실을 안 알려주셨습니까?"

잠시 후, 이용운에게서 대답이 돌아왔다.

"안 물어봤잖아?"

*　　　*　　　*

"부담스러워?"

박건이 마운드에 도착하자, 한창기 감독이 물었다.

"조금 부담스러운 것은 사실입니다."

박건이 솔직하게 대답했다.

이미 한 차례 마운드에 선 적이 있었다.

그렇지만 당시에는 실전이 아니었다.

앤서니 쉴즈와 내기를 하기 위해서 다시 마운드에 섰던 것이었다.

장난처럼 마운드에 다시 섰던 것과 실전 무대에서 마운드에 서는 것은 엄연히 달랐다.

그래서 막상 정규시즌 경기 도중에 마운드에 오르자 중압감이 밀려들었다.

'차라리 점수 차이가 크게 벌어져 있는 경기에서 투입됐다면 부담이 덜했을 텐데.'

박건이 속으로 이런 아쉬움을 드러냈을 때였다.

"미안하다."

한창기 감독이 사과했다.

청우 로열스의 올 시즌 농사를 좌지우지할 수 있을 정도로 중요한 경기.

더구나 동점 상황, 그것도 무사만루의 위기 상황에서 박건은 등판하는 것이었다.

한창기 감독도 지금 박건이 느끼고 있을 부담감이 얼마나 클지에 대해서 알기에 먼저 사과부터 한 것이었다.

"어떤 결과가 나오던 간에 책임은 내가 지마. 그러니 부담을 떨쳐도 된다."

"하지만……."

"내가 네게 바라는 건 딱 하나뿐이다. 그때처럼 해."

"……?"

"앤서니 쉴즈를 상대할 때 정면 승부를 펼쳤었잖아. 그때처럼 도망치지 말고 타자와 승부 해라."

한창기 감독이 아까부터 내밀고 있던 공을 박건이 마침내 건네받았다.

빙글.

손가락 끝에 걸리는 실밥의 감촉이 까끌했다.

"적어도 도망치지는 않겠습니다."

까끌한 실밥의 감촉을 음미하던 박건이 한창기 감독에게 대답한 후, 관중석 쪽으로 시선을 던졌다.

좀처럼 보기 힘든 광경이기 때문일까.

관중들은 숨죽인 채 흥미를 드러내고 있었다.

그런 관중들은 기대 반 우려 반의 시선을 던지고 있었다.

잠시 후, 박건의 시선이 메이저리그 구단 스카우터들에게로 향했다.

예상치 못했던 상황이기 때문일까.

그들 역시 흥미로운 시선을 던지고 있었다.

"시키는 대로 하자."

박건이 이내 고개를 돌렸다.

메이저리그 진출은 아직 먼 훗날의 이야기.

당장은 청우 로열스의 올 시즌 성적이 우선이었다.

그리고 한창기 감독이 준 기회를 놓치고 싶지 않았다.

슈악.

박건이 가볍게 연습 투구를 했다.

약 30%의 힘만 이용해 연습 투구를 마친 후, 박건이 한숨을 내쉬었다.

'외롭다.'

마운드에 혼자 남겨지고 나자, 문득 외롭다는 생각이 들어서였다.

"즐겨라."

그때, 이용운이 조언했다.

'그래. 선배님이 함께하고 있지.'

이용운과 함께라는 사실을 뒤늦게 깨달은 순간, 박건의 외로움이 조금 가셨다.

'피할 수 없다면 즐기자.'

그리고 이용운이 건넨 조언 덕분에 다부지게 각오를 다진 박건이 투수로서 상대해야 할 첫 타자인 서지훈을 살폈다.

'삼진, 그리고 병살타 유도.'

박건이 재빨리 머릿속으로 그림을 그렸다.

무사만루의 위기에서 실점하면 역전은 어려운 상황.

무실점으로 이닝을 마무리하기 위해서는 우선 첫 타자인 서지훈을 상대로 삼진을 빼앗는 것이 최선이었다.

"초구는 지켜볼 거다."

이용운이 말했다.

박건의 생각도 다르지 않았다.

타자 서지훈의 입장에서도 지금 상황이 당혹스럽기는 마찬가지일 터.

게다가 서지훈은 투수 박건에 대한 정보가 전무했다.

그런 만큼 박건이 던질 초구를 타석에서 그냥 지켜보면서 관찰할 확률이 높았다.

슈아악.

어차피 베이스는 꽉 채워져 있는 상황이니, 셋 포지션 투구를 할 필요는 없었다.

그래서 박건이 와인드업을 마친 후 공을 던졌다.

팡.

"스트라이크."

한가운데로 들어온 직구를 확인한 주심이 스트라이크를 선언했다.

타석에 서 있던 서지훈은 당혹스러운 기색이 역력했다.

박건이 초구로 던졌던 직구가 막연히 예상했던 것보다 더 빠르고 위력적이었기 때문이리라.

'낯설지 않네.'

그런 서지훈의 반응은 박건과 내기에 임했던 앤서니 쉴즈와 크게 다르지 않았다.

그래서인지 낯설지 않다는 생각을 하며 박건이 고개를 돌렸다.

142km.

전광판에 찍혀 있는 구속이었다.

"와아."

"와아아."

140㎞대 초반의 구속이 찍혀 있는 전광판을 확인한 관중들이 놀라움을 표시했다.

그러나 이 장면도 낯설지 않았다.

앤서니 쉴즈와 내기를 할 당시, 박건의 투구를 지켜보았던 팀원들도 비슷한 반응을 보였기 때문이었다.

잠시 후, 박건의 시선이 앤서니 쉴즈와 마주쳤다.

"Kill him like me."

그 순간, 앤서니 쉴즈가 소리쳤다.

"무슨 뜻인지 알아들었냐?"

이용운이 질문한 순간, 박건이 고개를 끄덕이며 대답했다.

"날 좋아한다는 것 같습니다."

"뭐?"

"라이크가 좋아한다는 뜻이지 않습니까?"

박건이 당당하게 대답한 순간, 이용운이 어이없다는 듯이 대답했다.

"무식하긴."

"아닙니까?"

"당연히……."

이용운의 말을 도중에 자르며 박건이 소리쳤다.

"아님 말고요."

*　　　　*　　　　*

'빠른 승부.'

박건이 말을 마치기 무섭게 투구 동작으로 돌입했다.

현재 타석에 서 있는 서지훈은 박건이 던진 초구가 예상보다 빠르고 위력적이어서 당황한 상황이었다.

그런 만큼, 서지훈에게 타석에서 생각할 시간을 오래 주지 않는 편이 유리하다는 판단을 내렸기 때문이었다.

슈악.

부우웅.

박건이 2구째로 선택한 구종은 커브.

당연히 직구가 들어올 거라 예상하고 배트를 휘둘렀던 서지훈은 낙차 큰 커브에 속아서 크게 헛스윙을 했다.

노 볼 2스트라이크.

투수에게 압도적으로 유리한 볼카운트가 만들어진 순간, 박건이 바로 몸쪽 직구를 던지겠다는 사인을 냈다.

유인구를 던지는 대신 승부 할 의사를 드러낸 것이었다.

바로 승부 할 것을 예상치 못해서일까.

박건이 낸 사인을 확인한 포수 김천수가 당황한 기색을 드러냈다.

그렇지만 박건은 그 반응을 무시하고 이번에도 바로 투구 동작으로 돌입했다.

슈아악.

팡.

홈플레이트를 통과한 몸쪽 직구가 포수의 미트에 꽂혔다.

서지훈이 제대로 반응하지 못하고 움찔했다.

'스트라이크존을 통과한 것 같은데.'

박건이 속으로 생각하며 서둘러 주심을 확인한 순간, 마치 기다렸다는 듯 주심이 자신 있게 팔을 들어 올렸다.

"스트라이크아웃."

*   *   *

"와우."

"어메이징."

감탄사가 곳곳에서 터져 나온 순간, 제임스 윤이 전광판을 바라보았다.

'151㎞?'

전광판에 찍혀 있는 구속을 확인한 제임스 윤이 두 눈을 크게 떴다.

잠시 후, 그가 희미한 미소를 머금은 채 혼잣말을 꺼냈다.

"해태 눈깔, 맞네."

150㎞대 초반의 강속구를 던지는 투수가 팀 내에 있었다.

그런데 정작 청우 로열스 팀의 스카우트 팀장 직책을 맡고 있는 제임스 윤은 그 사실을 전혀 모르고 있었다.

그로 인해 제임스 윤이 자책하고 있을 때였다.

"제임스, 저 선수 누구야?"

보스턴 레드삭스의 아시아 스카우트 담당자인 릭 마틴이 질문했다.

"그게……."

"혹시 제임스가 영입했어?"

"맞아."

"역시 제임스는 대단해."

"응?"

"제임스의 선수 보는 눈은 역시 대단하다고."

릭 마틴이 감탄한 순간, 제임스 윤이 쓴웃음을 머금었다.

'내가 청우 로열스 팬들에게 해태 눈깔이라고 욕먹는 걸 알고 나면, 대체 어떤 반응을 보일까?'

문득 릭 마틴의 반응이 궁금해졌다.

그래서 그 사실을 알려줄까에 대해서 고민하던 제임스 윤이 도중에 마음을 바꾸었다.

대신 고개를 돌렸던 제임스 윤의 입가에 떠올랐던 쓴웃음이 짙어졌다.

박건을 청우 로열스로 영입한 자신의 안목에 감탄을 표하고 있는 것이 릭 마틴만이 아니었기 때문이었다.

대승 원더스의 에이스인 배원권이 투구하는 모습을 관찰하기 위해서 오늘 경기장을 찾았던 메이저리그 각 구단의 스카우터들도 자신에게 엄지를 추켜세우고 있었다.

'내가… 영입한 건 맞잖아.'

예상치 못한 반응에 살짝 당황하던 제임스 윤이 속으로 생각했다.

박건은 일찌감치 두각을 드러낸 선수가 아니었다.

1군 무대에 진입조차 못 하고 한성 비글스 2군을 전전하던 박건의 잠재력과 가능성을 간파하고 청우 로열스로 영입을 추진했던 것은 엄연히 자신이었다.

비록 투수 박건의 능력까지는 알아채지 못했지만, 그를 청우 로열스로 영입했던 것이 자신이란 사실은 바뀌지 않았다.

그때, 릭 마틴이 서운한 기색을 드러냈다.

"제임스, 왜 내게 안 알려줬어?"

"무슨 소리야?"

"KBO 리그에서 뛰고 있는 선수들 가운데 메이저리그에서도 통할 가능성과 잠재력을 갖추고 있는 선수들을 추천해 달라고 여러 차례 제임스에게 부탁했잖아. 그때마다 제임스는 추천할 만한 선수가 없다고 대답했었고."

"내가 그렇게 대답했었나?"

"응."

"그게……."

"일부러 꽁꽁 감춰뒀던 거야?"

릭 마틴의 추궁을 듣던 제임스 윤이 표정을 굳혔다.

"혹시 가능성이 있다고 생각하는 거야?"

"무슨 가능성?"

"지금 마운드에 서 있는 박건이란 선수가 메이저리그에서 성공할 가능성에 대해서 묻는 거야."

제임스 윤의 질문을 받은 릭 마틴이 바로 대답했다.

"난 가능성이 충분하다고 생각해."

"이유는?"

"투타 겸업이 가능한 선수는 드문 편이기 때문에 희소성 측면에서 분명히 가치가 있으니까. 물론 KBO 리그와 메이저리그의 수준 차를 감안하면 좀 더 검증이 필요하다는 것은 부인할 수 없는 사실이야. 그렇지만 150㎞대 초반의 위력적인 직구를 던지는 젊은 투수는 최소 불펜투수로서 충분히 활용이 가능할 것 같은데?"

릭 마틴이 꺼낸 대답을 들은 제임스 윤이 더욱 표정을 굳혔다.

덥수룩한 구레나룻이 트레이드마크인 릭 마틴과 제임스 윤은 꽤 가까운 사이였다.

그래서 제임스 윤은 릭 마틴의 평소 성격이 무척 신중한 편이란 사실을 잘 알고 있었다.

특히 선수를 관찰하고 평가할 때는 더 신중하고 보수적인 성향이었다.

그런데 릭 마틴은 제임스 윤이 박건에 대해서 질문을 던졌을 때, 잠시의 망설임도 없이 메이저리그에서 충분히 통할 것이라는 후한 평가를 내렸다.

잠시 후, 제임스 윤이 고개를 돌려 다른 메이저리그 구단 스카우터들의 반응을 살폈다.

그들 역시 릭 마틴이 꺼낸 의견에 크게 이견이 없는 듯 대체로 고개를 끄덕이고 있었다.

'박건이 메이저리그에서 러브콜을 받을 수도 있다?'

거기까지 생각이 미친 제임스 윤이 놀란 표정을 지었을 때였다.

"제임스, 그런데 그 질문을 왜 나한테 한 거야? 제임스가 어느 누구보다 더 잘 알고 있는 것 아냐?"

릭 마틴이 씨익 웃으며 물었다.

그제야 제임스 윤이 가정을 시작했다.

'만약 내가 여전히 메이저리그 구단에서 스카우터로 일하고 있는 상황이라고 가정하면?'

박건은 발이 빠른 편인 데다가 어깨가 강해서 외야 수비도 잘하는 호타준족 스타일이었다. 그리고 장타력도 겸비했기 때문에 요즘 각광받고 있는 강한 2번 타자의 정석이라 할 수 있었다.

아직 끝이 아니었다.

150㎞ 초반대의 강속구를 던질 수 있는 투수로서의 능력까지 박건은 갖추고 있었다.

'만약 배원권이 투구하는 것을 관찰하기 위해서 찾아왔다가, 이런 박건을 우연히 발견하게 됐다면?'

당연히 관심을 가졌을 가능성이 높았다.

아니, 단순한 관심에서 그치지 않았을 것이었다.

박건이란 선수에 대해 본격적으로 조사를 시작하면서 좀 더 면밀하게 관찰했을 것이었다.

'내가 판단해 보자.'

제임스 윤이 두 눈을 빛냈다.

예전 메이저리그 구단에서 아시아 스카우터 담당자로 일했던 시절로 돌아간 제임스 윤이 마운드에 서 있는 박건의 일거수일투족을 살피기 시작했다.

*　　　　*　　　　*

'진짜 구속이 상승했다?'

151㎞의 구속이 찍힌 전광판을 확인한 박건이 두 눈을 치켜떴다.

"이번에 던진 공의 구속은 152㎞다. 내가 전에 말했잖아. 투수의 손에서 떠난 공이 포수의 미트에 도착할 때까지 걸린 시간을 통해서 구속을 예측할 수 있다고."

앤서니 쉴즈와 내기를 했을 당시, 이용운은 박건이 앤서니 쉴즈를 상대로 던졌던 마지막 직구의 구속이 150㎞가 넘었다고 단언했다.

그렇지만 박건은 반신반의하는 마음이 있었다.

장난 삼아 했던 내기였던 탓에 스피드건으로 구속을 측정하지 않았기 때문이었다.

그런데 전광판에 찍혀 있는 151㎞라는 구속을 자신의 눈으로 직접 확인하고 난 후 확실히 깨달을 수 있었다.

부상을 당하기 전보다 구속이 상승했다는 것을.

그때, 이용운이 물었다.

"몇 퍼센트냐?"

"네?"

"방금 전력투구를 했던 것, 아니잖아?"

'귀신 맞네.'

박건이 속으로 혀를 내두를 때, 이용운이 다시 물었다.

"몇 퍼센트의 힘으로 던졌어?"

"대략 80% 정도인 것 같습니다."

서지훈을 상대로 던졌던 초구 직구의 경우는 약 50%의 힘만 사용했다.

당시 구속은 142km.

그리고 서지훈을 상대로 던졌던 3구째 직구는 대략 80%의 힘을 사용했다.

구속은 151km.

'만약 전력투구를 한다면?'

직구의 구속이 더 상승할 가능성이 충분했다.

'전력투구를 하면 대체 구속이 얼마나 나올까?'

박건은 호기심이 치밀었다.

자신의 한계를 시험해 보고 싶은 선수로서의 본능이 깨어난 것이었다.

꽈악.

그래서 박건이 글러브 속에 넣어둔 공을 힘껏 움켜쥐었을 때였다.

"아껴둬라."

이용운이 조언했다.

"전력투구를 하지 말라는 뜻입니까?"

"전력투구를 하지 말라는 게 아니다. 아껴두라고 했지."

"이유는요?"

"한 번에 밑천을 다 드러내면 재미없지 않느냐?"

'비장의 카드는 아껴두란 뜻이군.'

박건이 천천히 고개를 끄덕였을 때, 타석으로 8번 타자 강명호가 들어섰다.

서지훈을 삼구삼진으로 돌려세우는 데 성공했지만, 여전히 1사 만루의 실점 위기는 진행형이었다.

서지훈을 상대할 당시 박건이 던지는 공을 대기타석에서 이미 지켜보았기 때문일까.

강명호의 표정은 신중했다.

오늘 경기에 좌익수로 선발 출전했던 박건이 갑자기 투수로 보직을 변경해서 마운드에 서 있음에도 불구하고 전혀 경시하는 눈빛은 없었다.

'초구는 슬라이더.'

직구 2개와 커브 하나.

서지훈을 상대할 당시 박건은 두 가지 구종만 사용했다.

투수 박건에 대한 정보가 전무한 강명호는 당연히 직구와 커브만 대비하고 있을 가능성이 높았다.

그래서 박건이 슬라이더를 던지겠다고 사인을 내자, 김천수가 포수마스크 너머로 놀란 눈빛을 쏘아냈다.

"슬라이더도 던질 줄 알아?"

김천수는 눈빛으로 흡사 이렇게 질문하고 있는 것처럼 느껴졌다.

'다른 구종도 던질 수 있습니다.'

박건이 속으로 대답하며 와인드업을 했다.

슈악.

박건의 손에서 공이 떠난 순간, 강명호가 힘껏 배트를 휘둘렀다.

직구 타이밍에 맞춰서 배트를 휘두르던 강명호가 뒤늦게 슬라이더임을 깨닫고 배트를 멈춰 세우기 위해 애썼다.

그렇지만 너무 늦었다.

툭.

어중간한 위치에서 멈춰 버린 배트의 하단에 공이 맞았다.

빗맞은 타구가 홈플레이트 앞쪽으로 느리게 구르기 시작하는 것을 박건이 멍하니 바라보았다.

'선상을 벗어나겠지?'

느리게 굴러가고 있는 힘없는 타구가 1루 측 라인 선상을 벗어날 것이라고 막연하게 예상하고 있을 때였다.

타다닷.

3루 주자가 스타트를 끊었다.

"뭐 하고 있어? 빨리 잡아."

마운드에 오른 지 워낙 오래간만이어서일까.

예상치 못했던 빗맞은 느린 타구가 나온 순간, 당황한 탓에 잠시 얼어붙었던 박건은 이용운의 외침을 듣고서야 움직였다.

'실점하면 안 돼.'

더블플레이는 불가능한 상황.

3루 주자의 홈 쇄도를 무조건 막아내야 했다.

이미 홈플레이트 앞에서 대기하고 있는 포수 김천수를 확인한 박건이 타구를 잡기 위해서 앞으로 쇄도했다.

'글러브로 포구한 후 공을 꺼내서 송구하면 늦다.'

그 짧은 사이에 빠르게 상황판단을 마친 박건이 글러브를 바닥으로 내렸다.

그리고 글러브 속으로 공이 들어온 순간, 글러브를 닫는 대신 연 상태로 포수를 향해 토스하듯 공을 퉁겼다.

토스한 공의 방향은 김천수가 내밀고 있던 미트로 정확하게 향했다.

송구를 받은 김천수의 미트가 홈으로 쇄도하던 3루 주자의 어깨에 닿은 것과 헤드퍼스트슬라이딩을 감행한 3루 주자의 손 끝이 베이스에 닿은 것.

거의 동시였다.

'판정은?'

박건이 주심을 바라보았다.

"아웃."

주심이 아웃을 선언하며 실점 위기를 가까스로 넘긴 박건이 안도의 한숨을 내쉬었다.

"다행이다."

잠시 후, 이용운이 꺼낸 말을 들은 박건도 동의했다.

'조금만 반응이 늦었다면, 실점할 뻔했어.'

초구 스트라이크를 잡으며 볼카운트를 유리하게 가져가기 위해서 강명호를 상대로 슬라이더를 던졌었는데, 빗맞은 느린 타구가 만들어지면서 실점 위기에 처했었다.

"결과적으로는 잘된 일이다."

그때, 이용운이 덧붙였다.

"왜 결과적으로는 잘된 일이라는 겁니까?"

"투수 박건이 수비도 곧잘 한다는 것을 보여줬으니까. 그리고 한 타자를 더 상대할 수 있게 됐으니까."

'그게 다행인가?'

박건이 고개를 갸웃할 때, 이용운이 덧붙였다.

"양성문 감독은 대타자를 기용할 것이다."

그런 이용운의 예측대로였다.

승부처라고 판단한 걸까.

대승 원더스의 양성문 감독은 9번 타자 고요한을 대신해 김민국을 대타자로 기용했다.

'어떻게 상대할까?'

대타자 김민국에 대한 정보는 전무하다시피 했다. 그래서 박건이 고민할 때, 이용운이 말했다.

"직구로만 승부 하자."

*   *   *

'위험하지 않을까?'

직구로만 승부 하자는 이용운의 이야기를 들은 순간, 가장 먼저 든 생각이었다.

그래서 박건이 우려 섞인 표정을 지었지만, 이용운은 단호했다.

"날 믿어라."

"그렇지만……."

"굳이 유인구를 던질 필요가 없다. 네가 던지는 직구만으로도 타자의 타이밍을 충분히 빼앗을 수 있으니까."

"……?"

"50%, 80%, 100%로 가자."

이용운이 방금 입에 올린 퍼센티지.

투구 시에 힘을 싣는 비율이었다.

그 이야기를 듣고서야 박건은 이용운이 방금 전 했던 말의 의미를 이해할 수 있었다.

50%의 힘으로 투구할 때의 직구 스피드와 80%의 힘으로 투구할 때의 직구 스피드, 그리고 100%의 힘을 실어 전력투구를 할 때의 직구 스피드.

각각 달랐다.

이용운은 그 구속 차이를 이용해서 타자의 타이밍을 충분히 뺏을 수 있다고 확신하는 것이었다.

'해보자.'

박건이 결심을 굳히고 대타자 김민국을 상대로 초구를 던졌다.

'치지 마라.'

슈아악.

대략 50%의 힘을 실은 바깥쪽 직구를 던지면서 박건이 속으로 바랐다.

140㎞대 초반의 직구는 충분히 상대 타자에게 공략당할 수 있다는 불안감이 들었기 때문이었다.

"스트라이크."

그런 박건의 바람이 통한 걸까.

다행히 김민국은 배트를 휘두르지 않고 초구를 그냥 흘려보냈다.

'141km.'

투구를 마치자마자 고개를 돌려서 전광판에 찍혀 있는 구속을 확인한 박건이 바로 다음 투구 동작으로 들어갔다.

'이번에는 80%.'

슈아악.

박건의 손에서 공이 떠났다.

초구와 마찬가지로 바깥쪽 꽉 찬 코스로 들어가는 직구.

딱.

초구와 2구째.

달라진 점은 두 가지였다.

우선 김민국이 초구 직구를 던졌을 때와 달리 2구째 직구를 그냥 지켜보지 않고 힘껏 배트를 휘둘렀다는 점이었다.

그렇지만 정타는 되지 못했다.

타이밍이 밀린 탓에 1루 측 관중석으로 타구가 날아갔다.

파울 타구를 지켜보던 김민국이 고개를 갸웃하는 모습이 보였다.

타격 시에 타이밍이 밀린 이유에 대해 고민하는 기색이었다.

'구속 차이가 나니까.'

152km.

전광판에 찍혀 있는 구속을 확인한 박건이 속으로 타이밍이 밀렸던 이유에 대해 알려주었다.

'이번에는 전력투구.'

후우.

박건이 크게 숨을 내쉬었다.

'전력투구를 하면 구속이 얼마나 나올까?'

박건 역시 궁금한 부분이었다.

그리고 마침내 그 궁금증을 해소할 수 있는 기회가 찾아와 있었다.

'같은 코스의 직구.'

쿵쿵.

심장이 거세게 뛰기 시작한 순간, 박건이 다시 와인드업을 시작했다.

슈아악.

잠시 후, 손에서 공이 떠나자마자 박건의 표정이 굳어졌다.

'제구가 안 됐다.'

초구와, 2구와 마찬가지로 바깥쪽 꽉 찬 코스의 직구를 던지려고 했는데.

너무 흥분한 탓일까.

제구가 뜻대로 되지 않으면서 한가운데로 몰렸다.

'위험해.'

2사 만루 상황.

실투는 치명적이었다.

그래서 박건의 낯빛이 창백하게 질렸을 때, 김민국이 이를 악물고 배트를 휘둘렀다.

부우웅.

그러나 김민국이 힘껏 휘두른 배트는 허공을 갈랐다.

"스트라이크아웃."

다행히 실투가 적시타로 연결되지 않았다.

덕분에 실점 없이 무사만루의 위기를 넘긴 순간, 박건이 안도했다.

'구속은?'

뒤늦게 구속에 생각이 미친 박건이 황급히 고개를 돌렸다.

'156㎞?'

전력투구를 한 방금 직구의 구속이 156㎞란 사실을 확인한 박건이 놀라서 두 눈을 크게 떴다.

"와아."

"와아아."

그 순간, 적막에 잠긴 것처럼 고요하던 청우 로열스의 홈구장이 관중들이 내지르는 환호성으로 들끓어 올랐다.

제2장

11회 말, 청우 로열스의 공격.

선두타자는 앤서니 쉴즈였다.

10회 말에 이어 11회 말에도 대승 원더스의 불펜투수인 윤태수가 마운드로 걸어 올라오는 모습을 박건이 더그아웃에서 지켜보고 있을 때였다.

"고맙다."

이용운이 불쑥 말했다.

"왜 갑자기 고맙다고 하시는 겁니까?"

"내가 한 말이 아니다."

"네?"

"한창기 감독이 고맙다고 말하고 있다."

'아.'

그제야 상황을 파악한 박건이 서둘러 고개를 돌렸다.

자신의 오른편에 다가와 있는 한창기 감독의 모습을 뒤늦게 발견한 박건이 서둘러 입을 뗐다.

"감독님."

"괜찮아?"

"네?"

"내가 불렀는데도 전혀 모르더라고."

"그게⋯⋯."

"정신없지?"

"괜찮습니다."

박건이 멋쩍게 웃으며 대답하자, 한창기 감독이 어깨를 가볍게 두드려 주었다.

"갑자기 너무 큰 부담을 안겨줘서 미안하다. 그리고 고맙다."

한창기 감독은 사과에 이어 감사를 표했다.

그런 그가 덧붙였다.

"약속하마. 다시는 이런 부담을 주지 않겠다고."

'어? 이러면 곤란한데?'

그 말을 끝으로 돌아서는 한창기 감독의 등을 바라보던 박건이 당황했다.

방금 한창기 감독이 꺼낸 말에 담긴 의미.

더 이상 박건을 투수로 기용하지 않겠다는 뜻이었다.

'난 괜찮은데.'

오랜만의 실전 등판.

상황이 상황이니만큼, 적잖이 부담스러웠던 것은 사실이었다.

그렇지만 막상 마운드에 올라서 타자들을 상대하다 보니 언제 그랬냐는 듯 부담감은 사라졌다.

대신 상대하던 타자들에게서 헛스윙 삼진을 빼앗아 냈을 때의 짜릿한 흥분과 희열이 빈자리를 채웠다.

그래서 다시 투수로서 기용하지 않겠다는 한창기 감독의 선언을 듣고서 박건이 아쉬움과 당혹감을 감추지 못하고 있을 때였다.

"걱정할 것 없다."

이용운이 말했다.

"왜 걱정하지 않아도 된다는 겁니까?"

"한창기 감독은 방금 한 약속을 지키지 못할 가능성이 높거든."

"……?"

"인생이 어디 뜻대로 흘러가는 것이냐? 지금이야 후배에게 미안한 마음이 커서 한창기 감독이 저렇게 말했지만, 팀의 상황이 급해지면 다시 후배를 마운드에 올릴 수밖에 없을 것이다."

'그래. 인생이 뜻대로 흘러가는 건 아니지.'

박건이 천천히 고개를 끄덕였다.

갑자기 청력에 이상이 생길 거라고는 꿈에도 예상치 못했다. 그리고 죽은 이용운의 귀신이 들러붙을 거라는 것 역시 전혀 예상치 못했던 일이었다.

그만큼 인생은 알 수 없는 것이었다.

이용운의 말처럼 다시 청우 로열스의 상황이 급해지면 한창기 감독의 마음이 바뀔 가능성은 충분했다.

"오히려 후배에게는 잘된 일이다."

그때, 이용운이 말했다.

"왜 잘된 일이라는 겁니까?"

"투수 박건이 덜 노출되니까. 그래서 가장 중요한 순간에 비장의 무기로 활용될 수 있으니까."

'신경 쓰지 말자.'

이용운의 말이 옳다는 생각을 하며 박건이 속으로 생각했다.

어차피 선수 기용은 감독 고유의 권한이었다.

박건이 욕심을 낸다고 해서 달라지는 것은 아니었다.

일단 오늘 경기의 결과가 더 중요하다고 판단한 박건이 서둘러 그라운드 쪽으로 시선을 던졌을 때였다.

"오늘 경기는 청우 로열스가 이겼다."

이용운이 말했다.

"어떻게 확신하시는 겁니까?"

"후배 때문이지."

"저요? 저는 다시 타석에 설 기회도 없을 것 같은데……."

"투수 박건의 눈부신 호투가 오늘 경기 분위기를 청우 로열스 쪽으로 가져왔다. 야구는 분위기를 타는 스포츠. 분명히 청우 로열스가 11회 말에 경기를 끝낼 것이다."

'그게 가장 최선이긴 하지.'

박건이 정말 그렇게 되면 좋겠다고 생각한 순간이었다.

슈악.

따악.

11회 말의 선두타자인 앤서니 쉴즈가 힘껏 배트를 휘둘렀다.

묵직한 타격음과 함께 높이 솟구친 타구가 외야 펜스를 훌쩍 넘기며 관중석 하단에 떨어졌다.

                    *   *   *

최종 스코어 3—2.

청우 로열스와 대승 원더스의 3연전 첫 경기 결과였다.

최종 스코어 9—4.

그리고 양 팀의 3연전 2차전도 전문가들의 예상을 뒤엎고 청우 로열스가 승리를 거두었다.

부상에서 복귀한 배원권과 함께 막강 원투펀치를 구축하고 있던 대승 원더스의 선발투수 앤서니 니퍼트가 초반에 무너졌기 때문이었다.

"리그 2위다."

순위표를 확인한 송이현의 표정이 밝아졌다.

리그 최강팀인 대승 원더스를 상대로 위닝시리즈를 확보하는 2승을 먼저 거둔 덕분에 청우 로열스는 우송 선더스를 제치고 리그 2위로 한 단계 순위가 상승했다.

올 시즌 초반 청우 로열스가 리그 최하위로 추락했던 적이 있다는 점을 감안하면, 정규시즌 막바지에 리그 2위에 이름을 올린 것.

장족의 발전이었다.

그렇지만 송이현은 아직 욕심이 남아 있었다.

"선두 추격도 가시권에 들어왔어."

두 팀의 마지막 3연전이 시작하기 전, 선두 대승 원더스와 리그 3위 청우 로열스의 격차는 네 경기였다.

그렇지만 지금은 두 경기로 격차가 줄어들어 있었다.

'만약 청우 로열스가 대승 원더스를 상대로 스윕 승을 거둔다면?'

두 팀의 격차는 한 경기로 줄어들 것이었다. 그리고 그때는 리그 선두를 탈환하는 것도 절대 불가능한 것이 아니었다.

털썩.

그때, 비어 있던 송이현의 옆자리에 제임스 윤이 앉았다.

"왜 왔어요?"

그런 제임스 윤에게 송이현이 의아한 시선을 던졌다.

평소 제임스 윤은 송이현의 옆자리에 앉아서 경기를 지켜봤다.

그렇지만 지난 두 경기에서는 송이현의 곁을 비웠다.

제임스 윤이 메이저리그 구단들에서 파견한 스카우터들이 모여 있는 곳에서 그들과 함께 경기를 봤기 때문이었다.

그런 제임스 윤에게 서운한 감정은 없었다.

오히려 당연하다고 생각했다.

오랜만에 지인들을 만난 만큼, 나눌 이야기가 많았을 테니까.

그때, 제임스 윤이 대답했다.

"오늘만 날이 아니니까요."

"무슨 뜻이에요?"

"저 친구들이 앞으로도 계속 찾아올 거란 뜻입니다."

그제야 송이현이 고개를 돌려서 메이저리그 구단들에서 파견한 스카우터들이 모여 있는 곳을 살폈다.

'많네.'

청우 로열스 홈구장에 찾아와 있는 메이저리그 구단 스카우터들의 수를 확인한 송이현이 놀란 표정을 지었다.

예상했던 것보다 훨씬 많은 수의 메이저리그 스카우터들이 몰려와 있었기 때문이었다.

3연전 첫째 날, 청우 로열스 홈구장에 메이저리그 스카우터들이 많이 몰렸던 이유에 대해서는 송이현도 알고 있었다.

올 시즌이 끝난 후에 메이저리그 진출을 선언한 배원권을 관찰하기 위해서였다.

3연전 둘째 날에도 청우 로열스 홈구장에는 역시 많은 메이저리그 스카우터들이 몰려와 있었다.

그 이유도 송이현은 짐작할 수 있었다.

KBO 리그에서 좋은 활약을 펼치고 있는 덕분에 메이저리그 유턴 소식이 들리는 앤서니 니퍼트를 관찰하기 위함이었다.

그렇지만 양 팀의 3연전 마지막 날은 달랐다.

송성문 VS 마이클 젠슨.

3연전 마지막 경기에 양 팀의 선발투수로 예고된 선수들이었다.

올 시즌 1군 무대에 출전한 횟수가 손에 꼽히는 노장 투수인 송성문은 물론이고, 마이클 젠슨도 메이저리그 구단 스카우터들이 관심을 가질 정도로 뛰어난 실력을 가진 선수와는 거리가 멀었다.

그래서 오늘은 청우 로열스 홈구장을 찾아오는 메이저리그 구단 스카우터들의 수가 이전 두 경기에 비해서 확연히 줄어들 것이라 예상했는데.

송이현의 예상은 빗나갔다.

오히려 3연전 첫째 날과 둘째 날에 비해서 더 많은 수의 메이저리그 구단 스카우터들이 경기장에 찾아와 있었다.

'왜?'

그래서 청우 로열스 홈구장을 찾아온 메이저리그 구단 스카우터들을 의아하게 바라보던 송이현이 제임스 윤에게 고개를 돌렸다.

"아까 그 말, 무슨 뜻이에요?"

"어떤 이야기를 말씀하시는 겁니까?"

"좀 전에 오늘만 날이 아니다. 메이저리그 구단 스카우터들이 앞으로도 계속 찾아올 거라고 말했잖아요? 그게 무슨 뜻이냐는 거예요."

"말 그대로입니다. 저 친구들은 계속 청우 로열스 홈구장으로 찾아올 겁니다."

"이유는요?"

"관심 가는 선수가 있으니까요."

"누구요?"

제임스 윤이 대답했다.

"박건 선수입니다."

*　　　　*　　　　*

'박건 선수에게 관심이 있다고?'

예상치 못했던 이야기를 들은 송이현이 두 눈을 크게 떴다.

"그러니까 메이저리그 구단 스카우터들이 잔뜩 몰려와 있는 이유가 박건 선수를 관찰하기 위함이란 뜻인가요?"

"맞습니다."

"대체 왜요?"

"야구를 잘하니까요."

'야구를 잘한다?'

송이현이 부지불식간에 고개를 끄덕였다.

올 시즌 초반, 리그 하위권을 전전하던 청우 로열스가 정규시즌 막바지에 리그 2위까지 순위가 상승한 계기를 꼽자면 박건의 영입을 빼놓을 수 없었다.

박건의 영입 이후 청우 로열스는 가파른 상승세를 타기 시작했기 때문이었다.

물론 정규시즌 후반기에 접어든 후, 박건은 체력적인 한계에 부딪치며 활약이 주춤했었다.

그렇지만 한창기 감독이 2군에서 콜업 한 강지원과 번갈아 기용하면서 휴식을 부여했던 것이 오히려 약이 됐다.

체력적인 문제에서 벗어난 박건은 정규시즌 막바지에 다시 맹활약을 펼치면서 청우 로열스가 2위로 도약하는 데 있어서 견인차 역할을 했으니까.

'그렇지만 메이저리그 구단 스카우터들이 이렇게 모여들 정도로 대단한 재능과 잠재력을 가진 선수인가?'

송이현이 그 부분에 대해서 의심을 품었을 때였다.

"저라도 마찬가지였을 겁니다."

"……?"

"청우 로열스 스카우트 팀장이 아니라 여전히 메이저리그 구단에서 스카우터로 일했다면 저 역시 박건 선수에게 관심을 가졌을 거란 뜻입니다."

제임스 윤이 덧붙인 이야기를 들은 송이현의 표정이 심각하게 변했다.

"그 정도로 매력적이란 뜻인가요?"

"네."

"그럼 실제 영입 시도로 이어질 가능성도 있을까요?"

"가능성은 충분합니다."

"가능성은 충분하다?"

"만약 저라면 박건 선수를 실제로 영입하기 위해서 베팅을 했을 겁니다."

잠시 후, 제임스 윤이 덧붙였다.

"슬슬 준비를 하셔야 할 겁니다."

"무슨 준비를 하라는 거죠?"

"메이저리그 구단에서 박건 선수를 실제 영입하겠다는 의사를 밝힐 경우, 단장님이 결단을 내리셔야 하니까요."

'어떤 결정을 내려야 하지?'

박건이 청우 로열스에서 활약한 것.

채 한 시즌도 되지 않았다.

그렇지만 박건이 없는 청우 로열스는 잘 상상이 가지 않을 정도로 박건은 인상적인 경기력을 선보였다.

'잡아야 할까? 보내줘야 할까?'

송이현이 고민하기 시작했을 때, 제임스 윤이 말했다.

"결정을 너무 서두를 필요는 없습니다. 아직 시간이 있으니까요."

'그래. 시간은 충분해.'

송이현이 수긍했다.

당장 어떤 결정을 내려야 할 필요는 없었다.

지금 중요한 것은 막바지에 다다라 있는 정규시즌이었다.

'일단 오늘 경기에 집중하자.'

송이현이 결심을 군히고, 다시 그라운드로 시선을 던졌다.

＊　　　＊　　　＊

1-1.

경기는 팽팽한 투수전으로 이어졌다.

7이닝 1실점.

퀄리티스타트 이상을 해낸 청우 로열스의 선발투수 송성문은 기대 이상의 호투를 펼쳤다.

'최고의 영입.'

더그아웃으로 돌아와 아이싱을 하며 가쁜 숨을 몰아쉬는 송성문을 바라보던 박건이 문득 떠올린 생각이었다.

윤진규를 트레이드 카드로 활용해서 배준영과 송성문을 청우 로열스에 영입했을 당시, 팬들의 비난은 거셌다.

특히 송성문의 영입에 대한 비난이 많았다.

원소속 팀인 우송 선더스에서 이미 전력 외로 분류된 선수.

게다가 송성문은 노장 축에 속할 정도로 나이도 많았다.

그래서 트레이드에서 머릿수를 채우는 역할을 맡았을 뿐이라는 원색적인 비난이 쏟아졌었는데.

결과적으로는 당시 트레이드를 통해서 배준영과 함께 송성문을 영입했던 것은 신의 한 수가 됐다.

송성문이 정규시즌 후반기 중요한 경기에서 선발투수로 출전해 호투를 거듭했을 뿐만 아니라, 부진하던 라이언 벤슨을 불펜으로 돌려서 살려내는 역할도 해냈기 때문이었다.

그때, 이용운이 말했다.

"내 예상이 또 적중했다."

'또 생색이네.'

그 이야기를 들은 박건이 떠올린 생각이었다.

"청우 로열스가 우승하기 위해서는 삼각 트레이드를 추진해야 합니다."

이렇게 강하게 주장했던 게 바로 이용운이었다. 그리고 송성문이 무척 중요한 오늘 경기에서도 눈부신 호투를 펼치자, 어김없이 생색을 내는 것이었다.

"대단하시네요."

박건이 영혼 없는 목소리로 대답했다.

그렇지만 잔뜩 신이 난 이용운은 박건이 꺼낸 대답에 전혀 영혼이 담겨 있지 않다는 사실을 알지 못했다.

"보이느냐? 내 예상대로 메이저리그 스카우터들이 더 몰려들었다."

'응? 다른 이야기였어?'

자신이 단단히 착각했다는 사실을 깨달은 박건이 머쓱한 표정으로 관중석 쪽으로 시선을 돌렸다.

'진짜 더 많이 몰려왔네.'

대승 원더스의 에이스인 배원권이 선발투수로 출전했던 3연전 첫 경기보다 오늘 경기에 더 많은 수의 메이저리그 스카우터들이 몰려와 있다는 사실을 박건이 뒤늦게 발견했을 때였다.

"후배를 보기 위해서 찾아온 것이다."

"날 보기 위해서 저들이 찾아왔다고요?"

"그래."

이용운은 확신에 찬 목소리로 대답했다.

그렇지만 박건은 순순히 믿기 어려웠다.

'내가 KBO 리그를 씹어 먹는 수준은 아니잖아?'

이용운이 제시했던 박건의 메이저리그 진출 조건.

속된 말로 KBO 리그를 씹어 먹다시피 해야 한다는 것이었다.

그렇지만 박건이 판단하기에 자신의 올 시즌 활약상이 그 정도는 아니었다.

그래서 청우 로열스 홈구장에 몰려들어 있는 메이저리그 스카우터들이 자신을 관찰하기 위함이란 이용운의 말을 믿기 어려운 것이었다.

그런 박건의 속내를 읽었을까.

이용운이 다시 말했다.

"무식하긴 해도 주제는 아는구나."

'더러워서 공부한다.'

박건이 이를 악물었을 때였다.

"후배가 KBO 리그를 씹어 먹진 못했지. 난 이미 그럴 것을 예상하고 있었다. 그래서 하나를 더 준비했지."

"뭘 준비했단 겁니까?"

"투타 겸업. 후배에게 희소성이라는 매력을 더하면 메이저리그 구단 스카우터들이 관심을 가질 거란 내 판단이 적중한 거지."

이용운이 힘주어 덧붙였다.

"투타 겸업이 가능한 선수는 활용 가치가 그만큼 상승하거든."

그 설명을 들은 박건이 반박하지 못하고 천천히 고개를 끄덕였다.

'내가 투수로서 재기할 수 있을까?'

앤서니 쉴즈와 내기를 한 후, 박건은 반신반의했다.

그때, 이용운은 충분히 재기 가능성이 있다고 독려해 주었다.

덕분에 꾸준히 마운드에 오를 준비를 했었고, 마침내 실전에 투입된 후 박건은 확신할 수 있었다.

투수로서 재기가 가능하다는 것을.

그리고 대승 원더스와 3연전 첫 경기에서 박건이 마운드에 올라서 했던 호투는 큰 변화를 만들었다.

메이저리그 구단 스카우터들이 자신을 관찰하기 위해서 청우 로열스 홈구장에 몰려들어 있는 것이 증거였다.

'봉황의 큰 그림.'

이 모든 것이 자신의 메이저리그 진출 확률을 높이기 위해서 이용운이 그렸던 큰 그림이란 사실을 깨달은 박건이 새삼스러운 표정을 지은 채 입을 뗐다.

"제가 진짜 메이저리그에 진출할 수 있을까요?"

"메이저리그 진출 가능성이 높아진 것은 부인할 수 없지."

'가능성이 있다?'

이용운을 만나기 전까지 박건은 은퇴를 심각하게 고려하고 있었다.

그래서 선수로서 메이저리그에 진출하는 것은 감히 꿈도 꾸지 못했었다.

그런데 지금, 메이저리그 진출이 현실로 다가와 있었다.

'이러다가 진짜 메이저리그 진출하는 거 아냐? 내가 진짜 클라이튼 커쇼, 저스틴 벌랜더와 상대하는 거야?'

그로 인해 박건의 가슴이 한껏 부풀었을 때, 이용운이 지적했다.

"너무 멀리 갔다."

"네?"

"아직 메이저리그 진출이 결정된 것은 아니거든."

박건이 얼굴을 붉혔다.

이용운의 지적처럼 혼자 너무 멀리 갔다는 생각이 들어서였다.

그때, 이용운이 다시 말했다.

"앞으로 매 경기가 후배의 메이저리그 진출을 위한 쇼케이스가 될 것이다. 그러니 후배를 관찰하기 위해서 찾아온 저들에게 뭔가를 보여줘라."

'그래. 보여주자.'

박건이 각오를 다졌을 때였다.

슈악.

따악.

7회 말, 1사 주자 없는 상황에서 이필교를 대신해 대타자로 기용된 정준수가 마이클 젠슨의 슬라이더를 잡아당겼다.

배트 중심에 걸린 타구가 우중간으로 향했다.

'최소 2루타.'

박건이 이렇게 판단하며 벌떡 일어섰다.

그렇지만 청우 로열스와의 맞대결에서 스윕 패를 당할 위기에 몰린 대승 원더스 선수들의 집중력은 대단했다.

중견수 서지훈이 포기하지 않고 끝까지 타구를 쫓아가서 다이빙 캐치를 시도해서 타구를 잡아내는 데 성공했다.

절대로 스윕 패는 허용할 수 없다.

또, 정규시즌 우승을 빼앗길 수 없다.

이런 강한 의지가 담겨 있는 엄청난 호수비였다.

"역시 강팀이다."

박건이 감탄했을 때, 고동수가 타석으로 들어섰다.

슈악.

따악.

그리고 고동수는 마이클 젠슨의 초구를 노려 쳐 깔끔한 중전 안타를 터뜨렸다.

2사 1루 상황에서 박건이 타석으로 걸어갈 때였다.

"아까 서지훈의 호수비 봤지?"

"네, 봤습니다."

"뭘 느꼈냐?"

"음, 수비 범위가 무척 넓다는 거요. 그리고 포기하지 않겠다는 강한 의지를 느꼈습니다."

박건이 대답하자, 이용운이 혀를 찼다.

"지금 상대 팀의 플레이에 감탄이나 하고 있을 때냐?"

"그럼 뭘 느꼈어야 했습니까?"

"어지간히 잘 맞은 타구라고 해도 안타로 연결되기 쉽지 않겠구나. 이걸 느꼈어야지. 쟤들 눈빛 한번 봐라. 살벌하지?"

박건이 고개를 돌렸다.

마운드에 서 있는 마이클 젠슨을 필두로 각자 수비위치에 서 있는 대승 원더스 선수들의 눈빛은 비장했다.

이용운의 표현대로 살벌하게까지 느껴지는 대승 원더스 선수들의 눈빛에서는 오늘 경기 승리에 대한 강한 의지가 뿜어져 나오고 있었다.

"무서울 정도네요."

박건이 대답하자, 이용운이 덧붙였다.

"다시 한번 말하지만, 어지간히 잘 맞은 타구도 안타가 되지 못할 가능성이 높다. 그럼 어떻게 해야 할까?"

"의지만으로는 잡을 수 없는 타구를 만들어야겠네요."

'홈런.'

박건이 홈런을 떠올린 순간, 이용운이 덧붙였다.

"메이저리그 구단 스카우터들이 여기까지 찾아온 보람을 느끼게 만들어주자."

*   *   *

"실투를 기대하고 기다리지 마라."

마이클 젠슨의 투구수는 100개에 가까워져 있었다.

오늘 경기에서 마이클 젠슨은 정교한 제구를 바탕으로 호투를 이어가고 있었다.

그렇지만 마이클 젠슨도 기계가 아닌 사람이었다.

그래서 실투가 한차례 나올 때가 되지 않았을까 하는 생각을 가진 채 내심 기대하고 있었던 박건이 이용운의 충고를 듣고 생각을 바꾸었다.

"노려 쳐야겠군요."

"그래. 철저하게 바깥쪽 승부를 할 것이다."

경기 후반부로 접어든 7회 말.

현재 스코어는 1−1이었다.

만약 지금 장타를 허용해서 실점하게 되면 오늘 경기의 패색이 짙어진다는 사실을 마이클 젠슨도 모를 리 없었다.

이용운의 조언처럼 철저하게 바깥쪽 승부를 할 가능성이 높았다.

'낮게 던지기 위해서 노력할 테니 구종만 파악하면 되겠네.'

박건의 생각이 거기까지 미쳤을 때였다.

"직구를 노려라."

이용운이 말했다.

"알겠습니다."

박건이 순순히 대답하자, 이용운이 의아한 목소리로 물었다.

"이유는 안 물어?"

"초구에 직구가 들어올 거라고 저도 어느 정도 예상했습니다."

"어떻게 예상했지?"

"정준수 선배에게 슬라이더를 던지다가 장타를 허용할 뻔했고, 고동수 선배에게도 커브를 던지다가 안타를 허용했습니다. 청우 로열스 선수들이 내 유인구를 노리고 들어오는구나. 마이클 젠슨이 이렇게 판단했을 가능성이 높지 않겠습니까? 그래서 유인구 대신 직구를 초구로 던질 가능성이 높다고 판단했습니다."

박건이 대답했지만, 이용운은 가타부타 말이 없었다.

침묵의 의미는 긍정.

그래서 박건이 웃으며 덧붙였다.

"제가 서당 개보다는 낫죠?"

"좋겠다."

"뭐가요?"

"서당 개를 이겨서."

발끈하는 대신 픽 하고 실소를 터뜨린 박건이 이용운을 더 상대하는 대신, 타석에서 집중력을 발휘하기 시작했다.

'마이클 젠슨의 평균 직구 구속이 140㎞대 후반이니까 타석의 위치를 평소보다 반보 앞으로. 어차피 바깥쪽 직구가 들어올 테니까 타석에 바짝 붙는 대신, 배트를 조금 더 짧게 쥔다.'

머릿속으로 바쁘게 계산을 마친 박건이 타격 준비를 마쳤을 때였다.

슈아악.

마이클 젠슨이 이를 악물고 초구를 던졌다.

'바깥쪽 직구.'

예상대로 바깥쪽 직구가 들어오는 것을 확인한 박건이 힘껏 배트를 휘둘렀다.

따악.

경쾌한 타격음이 흘러나온 순간, 배트를 쥔 손바닥에 전해지는 울림은 강렬했다.

라인드라이브성으로 무척 낮은 포물선을 그리며 날아간 타구가 외야 펜스를 살짝 넘긴 순간, 박건은 이전에 경험하지 못한 짜릿한 흥분을 느꼈다.

실투가 아니라 완벽하게 제구가 된 공을 노려 쳐서 외야 펜스를 넘긴 홈런에는 더 강한 임팩트가 있었기 때문이었다.

"와아."

"와아아."

청우 로열스 홈구장이 팬들의 환호로 들끓어 올랐다.

'우승할 수 있다.'

그 환호성 속에서 천천히 그라운드를 돌던 박건이 떠올린 생각이었다.

*　　　　*　　　　*

〈KBO 리그 우승 판도를 뒤흔든 청우 로열스의 스윕 승.〉

박건이 침대에 드러누운 채 스마트폰으로 기사를 확인하면서 기분 좋은 여운을 느끼고 있을 때였다.

"녹음하자."

이용운이 불쑥 말했다.

그 이야기를 듣자마자 박건이 벌떡 일어났다.

그 반응을 확인한 이용운이 물었다.

"왜 그렇게 놀라?"

"그게……."

"녹음 하루 이틀 하는 것도 아니잖아?"

이용운의 말대로였다.

그럼에도 불구하고 박건이 놀란 이유는… 녹음하자는 이용운의 제안을 들은 순간 문득 불안감을 느꼈기 때문이었다.

'또 무슨 문제가 생긴 거야?'

이용운에게서 녹음하자는 이야기를 듣자마자, 조건반사처럼 가장 먼저 떠올랐던 생각이었다.

그 이유는 최근 들어 '독한 야구' 녹음을 청우 로열스에게 문제가 발생할 때마다 했기 때문이었다.

'시기가 너무 안 좋은데.'

박건이 미간을 찡그렸다.

정규시즌 종료까지 남아 있는 청우 로열스의 경기 수는 이제 다섯 경기.

어떤 문제가 발생했을 경우, 그 문제를 해결하기에는 남은 시간이 너무 부족했기 때문이었다.

"어떤 문제가 생긴 겁니까?"

잠시 후, 박건이 질문하자 이용운이 의아한 목소리로 되물었다.

"문제?"

"무슨 문제가 있기 때문에 '독한 야구' 녹음을 하시려는 것 아닙니까?"

"그래서였군."

"네?"

"녹음하자는 내 제안을 듣고 후배가 놀랐던 이유 말이야. 그것 때문이라면 놀라거나 걱정할 필요 없다."

"왜요?"

"청우 로열스는 아무 문제도 없으니까. 내가 판단하기에 지금의 청우 로열스는 더할 나위 없는 상황이다."

'괜한 걱정을 했던 거잖아.'

안도의 한숨을 내쉰 후, 박건이 물었다.

"그럼 갑자기 왜 '독한 야구' 녹음을 하려는 겁니까?"

"밑밥을 깔려고."

"무슨 밑밥을요?"

"메이저리그에 진출할 준비를 차근차근해 나가야지. 후배가 메이저리그에 진출하기 위해서는 송이현 단장의 승인이 필요하거든."

이건 이용운의 말이 옳았다.

박건은 자유계약선수 신분으로 메이저리그 진출을 타진하는 것이 아니었다.

어디까지나 포스팅 시스템, 즉 비공개 경쟁 입찰을 통해 메이저리그에 진출할 계획을 세우고 있었다.

'만약 구단에서 반대한다면?'

박건의 메이저리그 진출은 시도조차 해보지 못하고 무산되는 셈이었다.

"송이현 단장이 승낙해 줄까요?"

비로소 상황의 심각함을 알아챈 박건이 조심스럽게 물었다.

"승낙하지 않을 가능성이 높지."

이용운에게서 돌아온 대답을 들은 박건이 한숨을 내쉬었다.

'어렵네.'

세계 최고의 무대인 메이저리그에 진출하는 것.

결코 쉽지 않았다.

투타 겸업이란 희소성과 꾸준한 경기력 덕분에 겨우 메이저리그 구단 스카우터들의 관심을 끄는 데 성공했다.

그렇지만 아직 끝이 아니었다.

송이현 단장이라는 내부의 적을 넘어야 한다는 숙제가 남아 있었다.

"어렵겠네요. 아무래도 자유계약선수 신분이 되는 내후년을 노려야 할 것 같아요."

잠시 후, 박건이 힘없는 목소리를 꺼내자 이용운이 반대했다.

"그건 안 돼."

"왜요?"

"한 살이라도 젊을 때 진출하는 편이 유리하거든."

이번에도 이용운의 말이 옳았다.

KBO 리그에서의 활약을 바탕으로 메이저리그에 진출했다가 실패를 경험하고 돌아온 선수들이 공통적으로 하는 이야기가 적응의 어려움이었다,

언어, 환경, 그리고 다른 야구 스타일까지.

새로운 무대에 적응의 어려움을 토로하던 선수들이 후회하는 것은 한 살이라도 더 젊을 때 메이저리그에 진출하지 않았다는 것이었다.

"인생 모른다."

"……?"

"그러니까 물 들어왔을 때 노 저어야 해. 내년에도 후배가 지금처럼 활약할 수 있을지는 장담하지 못하거든."

'2년 차 징크스?'

이용운이 덧붙인 말을 듣던 박건이 퍼뜩 떠올린 용어였다.

데뷔 시즌에 좋은 활약을 펼친 선수가 데뷔 2년 차에는 슬럼프에 빠지는 경우가 자주 존재했고, 이것을 흔히 2년 차 징크스라고 불렀다.

'내게도 충분히 발생할 수 있는 일이야.'

엄밀히 말하면 박건은 신인이 아니었다.

그렇지만 투수에서 야수로 전향한 후, 1군 무대 활약 경험이 거의 없었다는 점을 감안하면 올 시즌이 데뷔 시즌이라고 해도 과언이 아니었다.

따라서 2년 차 징크스가 찾아올 가능성은 충분히 있었다.

거기까지 생각이 미친 순간, 박건의 마음이 조급해졌다.

"어떻게 밑밥을 까실 생각입니까?"

"내 주특기를 살려야지."

"독설요?"

박건이 반사적으로 질문하자, 이용운이 버럭 소리쳤다.

"내가 잘하는 게 어디 독설뿐이냐?"

제3장

"무척 오래간만에 모두 까는 방송 '독한 야구'가 돌아왔습니다. 평소와 달리 오프닝까지 건너뛰고 바로 본방송으로 진입한 이유. 오늘 방송에서 무척 중요한 이야기를 할 예정이기 때문입니다. 제가 오늘 여러분들과 나누고 싶은 이야기는 청우 로열스 시즌 2에 관한 겁니다."

'눈물 날 정도로 고맙네.'

지금까지 이용운은 단 한 차례도 오프닝을 건너뛴 적이 없었다..

그런데 이번 '독한 야구' 방송에서 처음으로 오프닝을 건너뛰고 바로 본방송을 시작한 것이었다.

그만큼 자신의 메이저리그 진출을 중요하게 생각한다는 의미였기에 속으로 고마움을 표하던 박건이 고개를 갸웃했다.

'그런데 생뚱맞게 청우 로열스 시즌 2는 뭐야?'

잠시 후, 이용운이 그 의문을 풀어주었다.

"청우 로열스 시즌 2라고 말씀드리면 '대체 뭔 소리야?' 하고 생각하실 분들이 많겠군요. 쉽게 말해서 내년 시즌 청우 로열스에 대해서 말씀드리려는 겁니다. 아직 올 시즌 정규시즌도 끝나지 않았는데 벌써 청우 로열스의 내년 시즌에 대해서 이야기를 꺼내는 것은 너무 성급한 것이 아니냐? 이렇게 생각하시는 분들도 분명히 많겠지만, 제 생각은 다릅니다. 일찍 일어나는 새가 벌레를 잡아먹을 수 있다는 속담처럼 일찍 내년 시즌 준비를 시작해야만 청우 로열스가 내년 시즌에도 좋은 성적을 거둘 확률이 높으니까요. 자, 그럼 이제 본격적으로 이야기를 시작해 보죠. 프로야구 구단이 다음 시즌을 준비할 때 가장 중요한 것이 무엇일까요? 정답은 불확실성을 지우는 겁니다."

박건이 고개를 끄덕였다.

불확실성을 지운다는 표현은 미지수와 변수가 될 요인들을 최소화한다는 것과 일맥상통하는 의미였다.

'청우 로열스의 변수가 뭘까?'

그래서 박건의 생각이 청우 로열스의 변수로 치달았을 때였다.

"과연 청우 로열스의 내년 시즌에 변수가 될 요인은 무엇이 있을까요? 저는 크게 두 부분이라고 생각합니다. 조던 픽스, 그리고 박건 선수입니다."

'내가… 변수다?'

박건이 놀란 표정을 지었을 때, 이용운이 설명을 시작했다.

"우선 조던 픽스는 올 시즌 청우 로열스 에이스로서의 역할을 꾸준히 해냈습니다. 만약 조던 픽스가 팀의 에이스 역할을 해내지 못했다면, 아마 청우 로열스는 올 시즌 가을야구 진출이 불투명했을 겁니다. 그래서 내년 시즌에도 과연 조던 픽스가 청우 로열스에서 뛸 것인가 여부가 무척 중요합니다. 제가 드리고 싶은 충고는 무조건 조던 픽스를 잡아야 한다는 겁니다. 그래서 청우 로열스 프런트는 과감한 베팅을 해야 합니다. 이미 일본 프로야구 팀이 조던 픽스에게 관심이 있다는 기사가 나오고 있고, 개인적으로 메이저리그에서 다시 뛰고 싶어 하는 욕심을 갖고 있는 조던 픽스의 마음을 돌릴 수 있는 유일한 방법은 거액의 연봉뿐이니까요."

박건이 고개를 끄덕였다.

'만약 조던 픽스가 없었다면?'

그랬다면 청우 로열스는 현재 리그 선두 다툼을 벌이는 것이 아니라, 가을야구 진출을 놓고 치열한 경쟁을 펼쳤을 가능성이 높았다.

그만큼 확실한 팀 에이스의 역할은 중요했다.

청우 로열스가 내년 시즌에도 좋은 성적을 거두기 위해서는 조던 픽스급의 에이스 역할을 맡아줄 외국인 투수가 꼭 필요했다.

그렇지만 수준급 외국인 투수를 구하는 것은 결코 쉬운 일이 아니었다.

또, 거액을 주고 수준급 외국인 투수를 영입한다고 해서

KBO 리그에서 꼭 성공할 거란 보장도 없었다.

그래서 이미 KBO 리그에서 검증과 적응을 마친 조던 픽스를 내년에도 청우 로열스에서 활약하게 만드는 것은 무척 중요했다.

"이제 두 번째 변수인 박건 선수에 대해서 얘기해 보죠. 그전에 박건 선수가 왜 변수가 되느냐? 이런 의문을 가지신 분들이 많이 계실 겁니다. 그 질문에 대한 답은 지난 경기가 될 겁니다. 청우 로열스와 대승 원더스의 3연전 마지막 경기가 중계되는 도중에 카메라에 몇 번 잡혔다시피 무척 많은 수의 메이저리그 구단 스카우터들이 청우 로열스의 홈구장을 찾아왔습니다. 그들이 찾아온 이유, 박건 선수에게 관심이 있기 때문입니다. 그리고 메이저리그 구단 스카우터들은 목적 없이 움직이지 않습니다. 못 먹는 감을 찔러보기 위함이 아니라, 실제 박건 선수 영입에 관심이 있기 때문에 직접 청우 로열스 홈구장을 찾아와서 관찰한 겁니다. 에이, 박건 선수가 무슨 메이저리그 진출이야? 그럼에도 불구하고 이렇게 생각하시는 분들이 있을 수 있기 때문에 제가 직접 친분이 있는 메이저리그 구단 스카우터와 접촉해 봤습니다. 그리고 박건 선수에 대해 물었을 때, 최소 500만 달러라는 대답이 돌아왔습니다. 아, 여기서 말씀드린 최소 500만 달러는 박건 선수가 포스팅 시스템을 통해 메이저리그 진출을 도모할 경우 메이저리그 구단에서 입찰할 가격입니다."

'이거… 진짜야?'

박건이 두 눈을 치켜떴다.

이용운의 말을 순순히 믿기 어려워서였다.

그래서 더 참지 못한 박건이 녹음을 중단하고 이용운에게 물었다.

"누굽니까?"

"누구냐니?"

"아까 말씀하셨던, 친분이 있는 메이저리그 구단 스카우터요?"

"없어."

"네?"

"말이 통해야 접촉을 해도 접촉할 것 아냐?"

이용운이 메이저리그 구단 스카우터와 접촉이 불가능한 이유.

언어장벽 때문이 아니었다.

그는 영어를 원어민 수준으로 잘하는 편이었으니까.

바로 이용운의 신분 때문이었다.

이용운은 사람이 아닌 귀신.

당연히 이용운의 모습을 볼 수 있는 사람은 없었다.

또, 이용운의 이야기는 오직 박건만 들을 수 있었다.

그런데 무슨 수로 메이저리그 구단 스카우터와 접촉할 수 있었을까.

"그럼 아까 하셨던 말씀은……."

"뻥이야."

이용운이 당당하게 대답하는 것을 들은 박건이 물었다.

"방송에서 거짓말을 해도 됩니까?"

"어차피 듣는 사람도 별로 없거든."

"하지만……."

"그리고 내가 누군지도 모르는데 무슨 수로 검증할 거야?"

여전히 당당한 이용운의 대꾸에 박건이 반박하는 대신 다시 질문을 던졌다.

"그럼 아까 오백만 달러도 뻥이었습니까?"

"당연하지."

'괜히 설렜잖아.'

박건이 속으로 한숨을 내쉬었다.

포스팅 시스템에 메이저리그 구단에서 입찰하는 금액.

결국 선수의 가치에 대한 평가였다.

'내 가치가 최소 500만 달러다?'

500만 달러는 한화로 대략 60억.

자신의 가치가 무려 60억 이상이란 이용운의 이야기를 듣고서 박건은 심장이 두근거렸을 정도로 무척 설렜다.

그런데 그 이야기도 아무 근거 없는 뻥이었다는 사실을 뒤늦게 알고 나자, 맥이 탁 풀리는 느낌이었다.

"혹시 설렜냐?"

"조금요."

"후배도 참 순진하군."

"……?"

"그 말을 믿고 설레기까지 했으니."

'언제는 서로 믿고 살자고 했으면서.'

박건이 억울한 표정을 지었다. 그러나 이용운은 아랑곳하지 않고 말을 이었다.

"설마 후배의 가치가 진짜 오백만 달러를 넘어간다고 생각했던 것은 아니지?"

"모르죠."

"뭘 몰라?"

"어느 정신 나간 메이저리그 구단 스카우터 한 명쯤은 제 가치를 그 정도로 높게 평가했을 수도 있지 않습니까?"

박건이 불퉁한 표정으로 대꾸했을 때였다.

"내가 노린 게 바로 그거다."

"네?"

"송이현 단장도 비슷한 생각을 할 수 있으니까."

'대체 뭔 소리야?'

박건이 영문을 모르겠다는 표정을 지었지만, 이용운은 친절하게 부연 설명을 해주지 않았다.

"녹음이나 계속해."

대신 빨리 녹음을 재개하자고 재촉했다.

'또 무슨 뺑을 얼마나 치려고 이래?'

불안한 기색으로 박건이 녹음을 다시 재개했다.

"오백만 달러, 결코 적은 돈이 아닙니다. 만약 박건 선수가 내년에도 계속 청우 로열스 선수로 남는다면 어떻게 될까요? 최근 들어 선수가 FA 자격을 얻는 기간을 1년 줄이자는 선수협의 요구가 빗발치면서 FA 제도가 바뀔 가능성이 높은 만큼, 박건 선수는 FA 자격 요건을 채워서 FA 신분이 될 수도 있습니다. 그리고 그때는 박건 선수가 메이저리그에 진출하더라도 청우 로열스는 전혀 수익을 거둘 수 없게 됩니다. 또 만약 박건 선수가 메이저리그에 진출하지 못하게 되더라도, 계속 청우 로열스에 남을 거란 확신도 할 수 없습니다. 박건 선수에게 눈독을 들이고 있는 KBO 리그 내 다른 팀들도 많기 때문이죠. 자, 지금까지는 너무 희망적인 이야기만 했습니다. 반대로 내년 시즌에 박건 선수가 올 시즌처럼 좋은 활약을 펼칠 수 있을까? 이 점에 대해서도 분명히 생각해 볼 필요가 있습니다. 2년 차 징크스는 결코 무시할 수 없으니까요."

'그래. 이래야 이용운답지.'

어김없이 독설을 시작하는 이용운을 확인한 박건이 속으로 한숨을 내쉬었다.

'잘 나가다 왜 이래?'

아까 이용운은 박건의 메이저리그 진출을 위한 밑밥을 깔기 위해서 '독한 야구' 방송을 재개한다고 말했었다.

그런데 지금 이용운이 대체 무슨 의도로 칭찬과 독설을 번갈아 하는지 감히 종잡기 어려웠다.

"결국은 동기부여입니다. 박건 선수도 메이저리그 구단 스카우터들이 본인에게 관심이 있다는 사실을 이미 알고 있습니다. 또한 박건 선수 역시 세계 최고의 무대인 메이저리그에서 뛰고 싶은 마음이 있을 겁니다. 그런데 만약 포스팅 시스템으로 메이저리그에 진출하는 길이 막힌다면 어떻게 될까요? 열심히 뛸 동기가 사라질 겁니다. 그럼 내년 시즌에 청우 로열스에 남게 되더라도 동기가 결여돼서 부진한 모습을 보여줄 확률이 높습니다. 따라서 청우 로열스 프런트는 결정을 내려야

합니다."

'어떤 결정?'

박건이 의문을 품었을 때 이용운의 이야기가 이어졌다.

"포스팅 금액의 20%인 대략 백만 달러 정도의 수익을 챙기고 박건 선수에게 메이저리그 진출 길을 열어주든가, 아니면, 박건 선수가 내년 시즌에도 올 시즌 이상으로 좋은 활약을 할 거라는 막연한 믿음을 가진 채 붙잡든가. 양단간의 결단을 내려야만 합니다."

*   *   *

"어떻게 생각해요?"

송이현이 질문하자, 제임스 윤이 뚱한 표정으로 대답했다.

"그걸 왜 저한테 물으시는 겁니까?"

"반응이 왜 그래요?"

"어차피 답정너 아닙니까?"

"답정너?"

"결국 제가 아니라 '독한 야구' 진행자의 말을 믿으실 것 아닙니까?"

제임스 윤에게서 돌아온 대답을 들은 송이현이 고개를 흔들었다.

"이번엔 달라요."

"무슨 뜻입니까?"

"제임스 윤이 생각하는 것처럼 답정너가 아니란 뜻이에요. 굳이 수치로 표현하자면 6 대 4예요."

"어느 쪽이 6입니까? 당연히 '독한 야구' 진행자를 믿는 마음이 더 크시겠죠?"

"틀렸어요."

"……?"

"제임스 윤이 6이에요."

송이현이 그리 대답하자, 제임스 윤의 표정이 눈에 띄게 밝아졌다.

그렇지만 그도 잠시.

제임스 윤이 의아한 표정으로 물었다.

"갑자기 저에 대한 신뢰도가 상승한 이유가 무엇입니까?"

"이번에는 제임스 윤의 전공 분야이니까요."

"제 전공 분야이긴 하죠."

금세 거만한 표정을 짓고 있는 제임스 윤을 발견한 송이현이 희미한 미소를 머금었다.

'참 단순해.'

역시 제임스 윤을 다루는 것은 쉽다는 생각을 하며 송이현이 다시 물었다.

"제임스 윤의 의견은 어때요?"

"'독한 야구' 진행자와는 의견이 다릅니다."

"어느 부분이 다르죠?"

"입찰 금액이 다릅니다."

"얼마나요?"

"저는 최대 이백만 달러라고 판단하고 있습니다."

"포스팅 금액이 최대 이백만 달러다? 그렇게 판단한 근거는 요?"

"접니다."

"네?"

"만약 제가 메이저리그 구단 스카우트 팀에서 여전히 일하고 있다면, 박건 선수를 영입하기 위해 포스팅 비용으로 200만 달러를 베팅할 겁니다."

"왜 200만 달러죠?"

"박건 선수의 가치가 최대 이백만 달러라고 판단하니까요. 그 이상 베팅하기에는 박건 선수가 그동안 보여준 게 너무 없습니다."

송이현이 고개를 끄덕였다.

올 시즌 박건의 활약상은 무척 인상적이었다.

그렇지만 올 시즌을 제외한 다른 시즌에는 1군 무대보다 2군 무대에서 더 많은 시간을 보냈었다.

그러니 박건이란 선수의 능력에 대한 확신을 가지기는 힘들었고, 따라서 더 과감한 베팅을 하기에는 무리수가 있었다.

오히려 올 시즌 활약상만으로 박건에게 200만 달러라는 거액을 제임스 윤이 포스팅 금액으로 베팅한다는 것이 의아할 정도였다.

"최대 이십오억 정도다?"

송이현이 고민에 잠겼을 때였다.

"아직 확신할 수는 없습니다."

제임스 윤이 말했다.

"왜 확신할 수 없다는 거죠?"

송이현이 묻자, 제임스 윤이 대답했다.

"보는 눈은 전부 다르니까요. 저라면 포스팅 금액으로 이백만 달러 이상을 베팅하지 않을 겁니다. 그렇지만 박건 선수에 대해서 다른 스카우터들의 평가는 다를 수도 있습니다. 좀 더 포스팅 금액이 상승할 수도 있다는 뜻입니다. 결국 선수의 가치는 우리 팀에 얼마나 필요한 선수인가? 여기에 따라서 달라지게 마련이니까요. 어쩌면 '독한 야구' 진행자가 했던 말처럼 오백만 달러 이상의 포스팅 금액을 베팅하는 팀도 존재할 수 있습니다."

송이현이 천천히 고개를 끄덕였다.

제임스 윤의 말처럼 선수의 가치는 우리 팀에 얼마나 필요한 선수인가에 따라 달라지게 마련이었다.

한성 비글스에서 전력 외 선수로 분류된 탓에 웨이버공시 됐던 박건 선수.

그 선수가 청우 로열스에서는 최고의 선수 중 한 명으로 활약하는 것이 그 증거였다.

'충분히 가능성이 있는 이야기야.'

송이현이 속으로 판단하며 화제를 돌렸다.

"그럼 '독한 야구' 진행자가 말했던 박건 선수가 2년 차 징크스를 겪을 가능성에 대해서는 어떻게 생각하세요?"

"그건 동기부여 요소에 따라서 달라질 겁니다."

"좀 더 쉽게 설명해 주세요."

"메이저리그 진출을 못 하게 됐을 때, 박건 선수는 내년 시즌에도 KBO 리그에서 뛰어야 합니다. 만약 올 시즌에 청우 로열스가 우승을 차지한다면, 박건 선수에게 동기부여가 될 요인이 있을까? 저는 없다고 생각합니다."

제임스 윤의 말이 끝난 순간, 송이현이 반박했다.

"제 생각은 달라요. 박건 선수에게 동기부여 요소가 있다고 생각하거든요."

"무엇입니까?"

"FA 대박."

내년 시즌이 끝나면 박건은 FA 자격을 취득한다는 사실을 송이현은 알고 있었다.

그래서 그 부분을 지적했지만, 그럼에도 제임스 윤은 고개를 갸웃했다.

"FA 대박이 가능할까요? 저는 회의적입니다."

"왜죠?"

"요즘 KBO 구단들의 FA 영입 기조가 보수적으로 변하고 있으니까요."

"하지만……."

"이번에는 제가 단장님께 질문드리죠. 내년 시즌 박건 선수의 연봉을 얼마나 인상하실 생각입니까?"

"당연히 억대 연봉을 줘야죠. 최소 2억 정도 생각하고 있어요."

올 시즌의 활약상.

거기에 내년 시즌을 마친 후에 FA 자격을 얻을 수도 있다는 점을 감안해서 송이현은 박건의 연봉을 대폭 인상할 생각을 갖고 있었다.

삼천오백만 원에서 이억 원으로.

무척 큰 폭의 연봉 인상이었다.

그럼에도 불구하고 제임스 윤은 놀라지 않았다.

이미 예상했던 것처럼 담담한 표정으로 입을 뗐다.

"박건 선수의 내년 시즌 연봉을 이억으로 잡고 계산하면 KBO 리그 내 타 팀이 박건 선수를 영입하기 위해서는 보상금 사억에 보상 선수를 내줘야 합니다. 그런 출혈을 감수할 정도로 박건 선수가 매력적일까요?"

"그 정도로 매력적이지는 않죠."

"결국에는 같은 잣대가 드리워질 겁니다. 사람들은 그 정도 출혈을 감수하고 영입하기에는 박건 선수가 그동안 보여준 것이 너무 적다, 이렇게 판단할 테니까요. 단장님도 이미 알고 계시지 않습니까?"

'들켰네.'

송이현이 쓴웃음을 머금었다.

올 시즌 도중, 청우 로열스로 영입한 박건의 활약에 송이현은 무척 만족하고 있었다.

그래서 박건이 FA 자격을 얻게 되더라도 타 팀에게 빼앗기고 싶지 않았다.

앞으로도 그가 계속 청우 로열스 선수로 남길 원했다.

그렇지만 FA 자격을 취득한 박건을 지키기 위해서 터무니없을 정도로 많은 돈을 소모하고 싶지는 않았다.

그건 송이현이 추구하는 청우 로열스 구단 운영 정책과 맞지 않았기 때문이었다.

"최대 4년 이십오억. 이게 단장님이 생각하고 계신 조건이 맞습니까?"

제임스 윤의 질문을 받은 송이현이 속으로 혀를 내둘렀다.

내년 시즌 FA가 될 가능성이 높은 박건에게 제안할 계약 규모를 제임스 윤이 정확히 예측했기 때문이었다.

"혹시 요새 독심술 같은 것 배워요?"

"아니요."

"그런데 어떻게……?"

"독심술은 필요 없습니다. 단장님의 구단 운영 철학과 평소 성향을 감안하면 충분히 예측이 가능하니까요. 그리고 지금 그게 중요한 게 아닙니다."

"그럼 뭐가 중요하죠?"

"제가 예측이 가능하다는 건, 박건 선수 역시 충분히 단장님이 생각하고 계신 FA 계약 규모를 예측할 수 있다는 겁니다."

"정말 예측이 가능할까요?"

"박건 선수, 무척 영리한 편입니다."

"……?"

"입단 계약을 할 당시 청우 로열스가 한국시리즈 우승을 차지할 시 오억 원을 수령한다는 옵션 조건을 내걸었던 것. 박건 선수가 아주 영리하다는 증거입니다."

송이현이 반박하지 못하고 입을 다물었다.

당시 박건이 계약 조건으로 청우 로열스가 한국시리즈 우승 시 5억 원을 수령하는 옵션을 넣어달라고 요구했을 때, 송이현은 오래 고민하지 않았다.

옵션을 충족할 가능성이 지극히 낮다고 판단했기 때문이었다.

그렇지만 지금은 상황이 달라졌다.

현재 청우 로열스의 리그 순위는 2위.

가을야구 진출은 이미 확정됐고, 정규시즌 우승을 놓고 리그 최강팀 대승 원더스와 박빙의 대결을 펼치고 있었다.

더 이상 한국시리즈 우승이 불가능한 이야기가 아니게 된 상황이었다.

'이미 알았다면?'

만약 계약 당시 이 사실을 알았다면?

박건이 무척 영리하단 것을 부인할 수 없었다.

'이 정도 금액이 박건 선수에게 동기부여로 충분할까?'

그로 인해 고민이 깊어진 송이현이 물었다.

"박건 선수를 잡는 게 옳을까요? 아니면, 풀어주는 게 좋을까요?"

그 질문을 받은 제임스 윤이 대답했다.

"일단 한 번 만나서 의중을 들어보시죠."

*   *   *

후르릅.

유자차는 달콤했다.

따뜻한 유자차를 한 모금 마시고 나자, 긴장이 풀리는 느낌이었다.

잠시 후, 박건이 희미한 미소를 지었다.

'진짜 연락이 왔네.'

"곧 송이현 단장에게서 연락이 올 것이다."

'독한 야구' 녹음을 마친 후, 이용운은 이렇게 장담했었다.

그런 그의 예상대로였다.

정확히 하루도 지나지 않아서 송이현 단장에게서 먼저 만나자는 연락이 왔으니까.

진중한 표정을 짓고 있는 송이현 단장과 제임스 윤을 박건이 바라보고 있을 때, 송이현 단장이 먼저 입을 뗐다.

"안정을 택할래요? 도전을 택할래요?"

그녀가 다짜고짜 던진 질문을 받고 박건이 살짝 당황했을 때였다.

"박건 선수가 지금 무척 당혹스러울 거라는 것, 충분히 이해합니다. 저도 당황스럽기는 마찬가지니까요. 그래도 박건 선수가 이해해 주세요. 지금 단장님이 패닉상태거든요."

동석하고 있던 제임스 윤이 서둘러 나섰다.

"왜 패닉상태이신 겁니까?"

"박건 선수를 빼앗길 수도 있다는 두려움에 떨고 계시거든요."

'너무 훅 들어왔는데?'

오늘의 대화 주제가 자신의 거취에 대한 논의가 될 거라는 사실은 박건도 어느 정도 짐작하고 있었다.

그렇지만 예열 단계도 거치지 않고 다짜고짜 본론으로 들어서자, 박건은 살짝 당황한 것이었다.

그때 송이현 단장이 다시 입을 열었다.

"만약 앞으로도 청우 로열스 소속 선수라면 최소 30억 이상은 벌 수 있을 거예요. 제가 FA 자격을 얻게 되는 박건 선수를 지키기 위해서 그 정도 계약 규모를 준비하고 있거든요. 반면 메이저리그에 도전하려는 의사가 있다면 이미 확보한 것이나 마찬가지인 30억은 허공에 사라지고 제로 베이스에서 시작해야 해요. 그래서 제가 아까 안정을 택할 거냐? 도전을 택할 거냐? 이렇게 질문했던 거예요."

송이현 단장의 이야기가 끝나기 무섭게 이용운이 입을 열었다.

"내가 그랬지? 송이현 단장, 무척 짠 편이라고."

"좀 짠 편이긴 하네요."

박건이 수긍했다.

삼십억이란 돈은 분명 거액이었다.

그렇지만 4년 총액 백억대 계약이 속출하고 있는 최근 FA 계약 추세를 감안하면 FA 대박과는 분명 거리가 있었다.

"이제 결정권은 네게 돌아왔다."

이용운의 조언을 들은 박건이 고개를 끄덕였다.

"안정보다는 도전을 택하고 싶습니다."

잠시 후, 박건이 대답하자, 송이현의 표정이 딱딱하게 굳어졌다.

"삼십억, 결코 적은 돈이 아니에요."

"알고 있습니다."

"그런데 왜 안정을 버리고 도전을 선택하려는 건가요?"

"더 벌 자신이 있습니다."

"네?"

"아까 단장님께서 말씀하셨던 삼십억 이상의 돈을 벌어들일 자신이 있다는 뜻입니다."

"그 말은 메이저리그 무대에 진출해서 성공할 자신이 있다는 뜻이로군요?"

"맞습니다."

"자신감은 대단하네요."

송이현 단장이 고개를 절레절레 흔들 때, 박건이 말했다.

"솔직히 말씀드리면 반반입니다."

"반반이라뇨?"

"안정을 택하고 싶은 마음이 절반, 도전을 택하고 싶은 마음이 절반이라는 뜻입니다."

그 이야기를 들은 송이현 단장의 표정이 조금 밝아지는 것을 확인한 박건이 이야기를 이어나갔다.

"그래서 계속 고민해 봤는데 결국 두 가지 요인에 따라서 선택이 갈릴 것 같습니다."

"그 두 가지 요인이 뭐죠?"

"동기부여, 그리고 명분입니다."

박건이 미리 준비한 대답을 꺼내자, 송이현 단장과 제임스 윤이 동시에 흥미를 드러냈다.

"좀 더 자세히 말해봐요."

"우선 올 시즌이 끝나고 난 후, 내년 시즌에도 청우 로열스 소속 선수로 남으려면 꼭 이루고 싶은 목표가 있어야 할 것 같습니다. 그리고 제가 판단하기에 그 목표가 될 수 있는 것은 우승입니다. 즉, 청우 로열스의 우승이라는 목표가 제게 동기부여가 될 수 있다는 뜻입니다."

"우승만이 동기부여가 된다?"

"네."

박건이 대답한 순간, 제임스 윤이 끼어들었다.

"우승은 두 가지가 있죠. 정규시즌 우승과 한국시리즈 우승. 박건 선수가 말씀하신 것은 어느 쪽입니까?"

'역시 예리하네.'

박건이 속으로 혀를 내둘렀다.

제임스 윤이 이런 질문을 할 것을 이용운이 미리 예측했기 때문에 내심 감탄한 것이었다.

"물론 두 가지 다입니다."

"그럼 정규시즌 우승과 한국시리즈 우승, 두 가지 모두 박건 선수에게 동기부여 요인이 될 수 있다는 뜻이로군요."

"맞습니다."

"그럼?"

"만약 올 시즌에 통합 우승을 차지하지 못한다면 저는 내년 시즌에도 청우 로열스 소속 선수로 남겠습니다."

박건이 폭탄선언을 한 후, 두 눈을 질끈 감았다.

'이렇게 메이저리그 진출은 물 건너가는구나.'

이런 생각이 들어서였다.

"통합 우승은 힘들다. 그러니 오억 원의 옵션이 걸려 있는 한국시리즈 우승만 동기부여 요인으로 꼽자."

박건은 이렇게 주장했다.
그렇지만 이용운이 반대했다.
통합 우승을 동기부여 요인으로 꼽아야 한다고 강하게 주장했다.
그리고 그가 주장을 굽히지 않은 이유는…….

"연인 사이에도 서로 사랑하는 것보다 잘 헤어지는 것이 중요하다. 기왕이면 좋게 헤어져야 한다."

이용운이 했던 주장이었다.
'실연의 상처가 컸나?'
잠시 의심했지만, 박건은 거기에 대해서 이용운에게 질문하지 않았다.
이용운의 생전 연애사는 딱히 궁금하지도 않았고, 별로 중요한 것도 아니었기 때문이었다.
대신 메이저리그 도전에 실패했을 때, KBO 리그 복귀에 대해서도 염두에 두어야 한다.
그러기 위해서는 청우 로열스와 결별을 선택하더라도 잘 헤어져야 한다는 이용운이 말에 수긍했다.

'인생 어떻게 될지 모르니까.'

박건이 속으로 생각하고 있을 때, 송이현 단장이 조금 편해진 표정으로 물었다.

"그럼 명분은 뭐죠?"

"포스팅 입찰 금액입니다. 프로선수의 가치는 결국 금액으로 평가받는다고 생각합니다. 제 가치를 제대로 인정받지 못할 경우, 저는 메이저리그 진출을 하지 않겠습니다."

"포스팅 입찰 금액이 너무 적다면, 설령 오퍼가 있다고 하더라도 메이저리그에 진출하지 않겠다는 뜻인가요?"

"그렇습니다."

"박건 선수가 수용할 수 있는 최소 포스팅 금액은 얼마죠?"

"이백오십만 달러입니다."

박건이 일말의 망설임도 없이 대답했다.

이미 이용운과 함께 포스팅 금액 마지노선에 대해서 논의를 마친 후였기 때문이었다.

"왜 하필 이백오십만 달러죠?"

'나도 모릅니다. 제 영혼의 파트너가 강하게 주장해서요.'

이게 진짜 이유.

그렇지만 박건은 다른 대답을 꺼냈다.

"이백오십만 달러라면 단장님도 수긍하실 것 같아서입니다."

"왜 내가 수긍한다고 생각하죠?"

"한화로 삼십억 정도이니까요."

"……?"

"단장님께서 판단하시는 제 가치가 삼십억 수준이라고 아까 말씀하셨지 않습니까?"

예상치 못한 전개이기 때문일까?

송이현 단장이 허를 찔린 표정을 지었다.

그렇지만 반박하지는 못했다.

그녀 역시 아까 박건의 가치를 삼십억 수준이라고 본인의 입으로 말했던 것을 기억하고 있기 때문이었다.

"나는… 나는……."

"올 시즌 청우 로열스가 통합 우승을 차지하고, 포스팅 금액이 이백오십만 달러 이상인 경우, 제가 하려는 도전을 허락해 주실 겁니까?"

박건이 질문했다.

바로 대답하기 어려운 질문이기 때문일까.

송이현 단장은 고개를 돌려서 제임스 윤을 바라보았다.

끄덕.

제임스 윤이 가볍게 고개를 끄덕이는 것을 확인한 송이현 단장이 마침내 결심을 굳힌 표정으로 대답했다.

"그렇게 하죠."

*   *   *

3승 1패.

청우 로열스의 지난 네 경기 성적이었다.

덕분에 청우 로열스는 리그 단독 선두로 올라섰다.

1승 3패.

반면 대승 원더스가 지난 네 경기에서 거둔 성적이었다.

청우 로열스와의 마지막 3연전에서 스윕 패를 당한 충격이 커서일까.

대승 원더스는 정규시즌 막바지에 부진에 빠졌고, 그로 인해 리그 2위로 한 단계 순위가 추락했다.

양 팀의 격차는 단 한 경기.

그리고 두 팀 모두 정규시즌의 마지막 경기만을 남겨두고 있었다.

만약 청우 로열스가 정규시즌 최종전에서 패하고, 대승 원더스가 승리를 거둔다면?

양 팀의 승률이 동률이 되면서 상대 전적에 의해서 우승팀이 가려지게 됐다.

게다가 올 시즌 청우 로열스와 대승 원더스의 상대 전적은 7승 9패.

대승 원더스가 상대 전적에서 앞서고 있는 만큼, 정규시즌 최종전 결과에 따라서 정규시즌 우승팀이 바뀔 수도 있었다.

*　　　　*　　　　*

갸웃.

박건이 고개를 좌측으로 기울였다.

'너무 쉽다?'

그날 이후, 송이현 단장에게서 예상보다 쉽게 메이저리그 진출에 대한 승낙을 받아냈다는 생각이 머릿속을 떠나지 않아서였다.

그런 박건의 속내를 읽은 걸까.

이용운이 불쑥 물었다

"왜? 송이현 단장이 너무 쉽게 결정을 내린 것 같아?"

"그게 좀……."

"그래서 서운해?"

박건의 흠칫 놀랐다.

상대 배터리의 구종 예측을 정확하게 할 때도 놀랍지만, 이렇게 정확하게 자신의 속마음을 읽힐 때가 더 놀라웠다.

그리고 이용운이 진짜 귀신이라는 사실을 새삼 느끼게 되는 순간이기도 했다.

"솔직히 좀 서운하네요."

귀신을 속일 수는 없는 노릇.

그래서 박건이 솔직하게 대답했을 때, 이용운은 이미 박건이 서운함을 느끼는 이유까지 알고 있었다.

"좀 더 안 붙잡아서?"

"네."

"그래서 후배가 청우 로열스에 꼭 필요한 선수가 아닌 것처럼 느껴져서 서운한 거지?"

"맞습니다."

"그거 오해다."

"네?"

"쉽게 결정을 내린 게 아니거든."

이용운이 오해라고 강조하며 덧붙였다.

"후배와 옵션 계약을 할 때와 비슷하다고 생각하면 돼."

'옵션 계약?'

박건이 기억을 더듬었다.

잠시 후, 박건이 고개를 갸웃했다.

─올 시즌 청우 로열스가 한국시리즈 우승할 시 오억 원을 지급한다.

송이현 단장이 수락했던 옵션 조항이었다.

오억은 결코 적은 돈이 아니었다.

더구나 송이현의 구단 운영 철학이 저비용 고효율임을 감안하면, 오억 원은 무척 큰 금액이었다.

그렇지만 당시 송이현은 오래 고민하지 않고 박건이 제시했던 옵션 계약을 수용했었다.

그 이유는 청우 로열스의 한국시리즈 우승이 불가능하기 때문에 오억 원을 지급할 가능성이 극히 희박하다고 판단했기 때문이었다.

'그것과 비슷하다면?'

거기까지 생각이 미친 박건이 물었다.

"제가 제시했던 조건들을 모두 충족할 가능성이 극히 희박하다고 판단했기 때문에 수용했다는 뜻입니까?"

"맞다. 우리가 제시한 두 가지 조건들 모두 달성하기 쉽지 않은 것이거든. 당장 통합 우승부터 쉽지 않아."

"하지만……."

"왜? 한 경기만 더 이기면 청우 로열스가 정규시즌 우승을 할 수 있으니까 쉬워 보이는가 보지?"

박건이 부인하지 못하고 고개를 끄덕여 보이자, 이용운이 덧붙였다.

"쉽지 않을걸."

그때였다.

"자, 모두 주목."

한창기 감독이 소리쳤다.

박건이 한창기 감독을 향해 고개를 돌렸을 때, 이용운이 말했다.

"나머지 이야기는 조금 있다 계속하자. 한창기 감독이 무슨 이야기를 하는지 일단 한번 들어보고 싶거든."

*　　　*　　　*

"만약 정규시즌 최종전에서 아쉽게 패배하게 되더라도, 그래서 올 시즌 정규시즌 우승을 놓치게 된다고 하더라도 난 너희들을 원망하지 않는다. 오히려 무척 자랑스러워할 것이다. 올시즌 너희들이 보여준 경기력은 충분히 환상적이었기 때문이다."

무척 부담스러운 상대인 우송 선더스와의 정규시즌 최종전을 앞둔 미팅에서 한창기 감독이 연설을 시작했다.

"뜬금없이 무슨 명장 코스프레야?"

그 연설을 듣고 있던 이용운이 짜증 섞인 목소리로 이야기했다.

'역시 독설가.'

박건이 쓴웃음을 머금었을 때였다.

"여기까지 온 이상 무조건 이겨서 정규시즌 우승을 차지하자. 혹시 실수하거나, 긴장 풀려서 어설픈 플레이를 하는 놈이 나오면 내 손에 죽는다. 이렇게 악착같이 선수들을 다그쳐도 될까 말까 한 판국이구만."

이용운이 불만을 토로했다.

그렇지만 한창기 감독은 이용운의 바람과 달리 명장 코스프레를 이어나갔다.

"그러니 절대 실패를 두려워하지 마라. 오늘 경기 결과에 대한 책임은 내가 질 테니까 너희들은 부담 가질 필요 없다."

한창기 감독이 꽤나 길었던 연설을 마친 순간, 어김없이 이용운이 불만을 드러냈다.

"한심하다, 한심해."

"왜 한심하단 겁니까?

"중요한 경기를 앞두고 이렇게 약해 빠진 소리나 해대니까 경질을 당한 것 아냐? 그리고 비슷한 실수를 반복하고 있으니까 한심하기 짝이 없지."

이용운이 한창기 감독에게 맹비난을 쏟아내는 것을 가만히 듣고 있을 때, 예고 없이 박건에게 불똥이 튀었다.

"후배는 뭐 하고 있어?"

"네?"

"저 한심한 연설을 듣고도 계속 가만히 있을 거야?"

이용운이 다그치는 것을 들은 박건이 머리를 긁적이며 대답했다.

"그럼 어떻게 할까요? 어설픈 명장 코스프레 하지 말라고 지적이라도 할까요?"

"지적할 수 있겠어?"

"당연히… 못 하죠."

박건이 재빨리 대답하자, 이용운이 그럴 줄 알았다는 듯이 대답했다.

"후배에게는 오늘 경기가 무척 중요하다는 것, 잘 알고 있지? 오늘 경기 결과에 메이저리그 진출이 걸려 있으니까."

박건의 메이저리그 진출을 위한 필요조건 중 하나가 청우 로열스의 정규시즌 우승이었다.

따라서 박건에게는 청우 로열스가 정규시즌 최종전에서 꼭 승리하는 것이 필요했다.

"물론 알고 있습니다."

그래서 박건이 힘주어 대답하자마자, 이용운이 다그쳤다.

"그런데 왜 그러고 있어?"

"제가 대체 뭘 할까요?"

"한창기 감독의 말에 반박해서 팀원들을 독려해야지."

"하지만……."

"원래 목마른 자가 우물을 파는 법이다."

한창기 감독과 박건의 입장은 또 달랐다.

'정규시즌 최종전에서 패한 탓에 아쉽게 정규시즌 2위를 차지하더라도 플레이오프를 잘 치르고 한국시리즈에 진출해서 우승하면 된다.'

이게 한창기 감독이 갖고 있는 생각이었다.

'메이저리그 진출 조건을 충족시키기 위해서는 무조건 통합 우승을 차지해야 한다.'

그리고 이것이 박건이 처해 있는 입장이었다.

서로 생각과 입장이 다른 만큼, 좀 더 정규시즌 우승이 간절한 자신이 나서는 것이 옳다고 판단한 박건이 일단 헛기침을 했다.

"큼, 큼."

목을 가다듬은 박건이 나섰다.

"감독님."

"뭐야?"

"저는 오늘 경기를 꼭 이기고 싶습니다. 그래서 자력으로 청우 로열스의 정규시즌 우승을 확정 짓고 싶습니다."

박건이 보이는 승부욕이 마음에 든 걸까.

한창기 감독이 흡족한 표정으로 입을 뗐다.

"이기면 더 좋지."

그 말이 끝나기 무섭게 이용운이 못마땅한 목소리로 이야기했다.

"저 표정 봐라. 끝까지 명장 코스프레하고 있네. 안 되겠다. 오늘 경기 승리에 대한 더 강한 의지를 피력해."

"어떻게요?"

"야, 그 방법까지 내가 알려줘야 해? 승리에 대한 네 절박함을 표현하면 될 것 아냐?"

'어떻게 표현하지?'

잠시 고민하던 박건이 힘주어 말했다.

"기회는 자주 찾아오는 게 아니라고 배웠습니다. 눈앞으로 성큼 다가와 있는 첫 우승의 기회를 꼭 잡고 싶습니다."

제4장

　우송 선더스는 청우 로열스와의 정규시즌 최종전 결과에 상관없이 리그 3위가 확정되어 있었다.

　그럼에도 불구하고 우송 선더스의 장정훈 감독은 정규시즌 최종전에 팀의 에이스인 저니 레스터를 선발투수로 출전시켰다.

　또, 정예 멤버들을 모두 선발 라인업에 포함시켰다.

　박건이 장정훈 감독이 발표한 우송 선더스 선발 라인업을 살피고 있을 때, 이용운이 입을 뗐다.

　"배준영 때문에 아주 독기를 품었네. 도둑놈 심보가 제대로 발동했어."

　"무슨 뜻입니까?"

　"배준영이 트레이드를 통해서 청우 로열스로 이적한 후에 좋은 활약을 했잖아? 그게 배가 아픈 거지. 아마 속았다고 생각할 거야. 딱 까놓고 지들 입장에서는 어차피 배준영을 전력 외로 분류했으면서 말이지. 하여간 한국인 심보는 이래서 안 돼."

느닷없이 한국인의 심보에 대해서 독설을 퍼붓던 이용운이 덧붙였다.

"이렇게 더러운 꼴 안 보려면 빨리 메이저리그로 진출하자."

"그럼 더욱 이겨야겠네요."

"어때? 승리에 대한 의지가 더 불타오르지?"

"네."

박건이 고개를 끄덕인 순간, 이용운이 칭찬했다.

"나쁘지 않았다."

"뭐가 말입니까?"

"네가 아까 표현했던 절박한 의지 말이다. 그 의지가 전해진 덕분에 한창기 감독도 명장 코스프레를 그만뒀다."

"그걸 어떻게 아십니까?"

"송성문도 불펜 대기를 시켰거든."

기존 2선발이었던 라이언 벤슨이 불펜투수로 보직을 변경한 상황.

에이스인 조던 픽스를 제외하면 현재 청우 로열스에서 가장 믿을 수 있는 선발투수는 송성문이었다.

유사시를 대비해서 그런 그를 경기 초반부터 불펜 대기시킨다는 것.

정규시즌 최종전 승리에 대한 한창기 감독의 의지를 보여주는 증거였다.

"저는 뭘 하면 될까요?"

잠시 후 박건이 묻자, 이용운이 대답했다.

"뭐라도 해야지. 오늘 경기 결과에 따라서 명분을 얻을 수 있거든."

"명분…요?"

이용운이 방금 입에 올린 명분에 대해서는 박건도 알고 있었다.

송이현 단장과 이미 대화를 나누었던 부분이었기 때문이다.

"포스팅 금액이 최소 250만 달러를 넘겨야만 메이저리그로 진출하겠습니다."

이것이 바로, 그녀와 대화를 나누던 도중 박건이 내세웠던 명분이었다.

'일단 저지르긴 했는데.'

당시의 기억을 떠올리던 박건의 표정이 어두워졌다.

이용운이 시키는 대로 일단 저지르긴 했다. 그렇지만 솔직히 박건은 명분을 얻을 자신이 없었다.

포스팅 시스템을 통해 메이저리그 진출을 도모했을 때, 이백 오십만 달러 이상의 금액을 응찰할 메이저리그 구단이 과연 있을까?

이 부분에 대한 확신이 없는 것이었다.

그런데 방금 이용운은 오늘 경기 결과에 따라서 명분을 얻을 수 있다고 단언했다.

"어떻게요?"

박건이 그 이유에 대해 묻자, 이용운이 대답했다.

"큰 경기에 강한 선수는 가산점을 받을 수 있거든."

"가산점…요?"

"저기 노랑머리들 모여 있는 것 보이지? 후배를 관찰하기 위해서 오늘도 메이저리그 구단 스카우터들이 잔뜩 찾아왔다. 후배 눈에는 저들이 아무 생각 없이 우르르 몰려다니는 것처럼 보이겠지? 그렇지만 오판하는 거야. 어느 누구 못지않게 치열하게 하루하루를 살고 있는 인간들이거든. 모르긴 몰라도 지금쯤이면 후배의 고등학교 은사도 만났을걸?"

"장태수 감독님을요?"

박건이 놀란 표정으로 물었다.

"저들이 왜 장태수 감독님을 만난 겁니까?"

"궁금하니까."

"장태수 감독님이 궁금하다고요?"

"아니. 후배가 궁금한 거야."

"……?"

"이미 후배의 가정 형편이 어렵다는 것도 조사해서 알아냈을 것이고, 후배의 인성이 어떤지 알아보기 위한 조사도 어느 정도 끝마쳤을 거야."

관중석 한편에 모여 있는 메이저리그 구단 스카우터들에게 박건이 새삼스러운 시선을 던졌다.

박건이 막연히 예상했던 것보다 메이저리그 구단에서 파견한 스카우터들의 행보가 치밀했기 때문이었다.

그때, 이용운이 다시 입을 뗐다.

"그 정도로 치밀한 편인데 정규시즌 우승의 향방이 결정되는 오늘 경기가 청우 로열스에게 얼마나 중요한 경기인지 저들이 모를까?"

"당연히 알고 있겠네요."

"그래서 오늘 경기 후배의 활약이 아주 중요하다. 빅게임에 강한 면모를 보이는 선수를 메이저리그 구단 스카우터들은 더 높은 가치가 있다고 판단하거든. 오늘 경기에서 가산점을 얻으면 후배가 포스팅 시스템을 통해서 메이저리그 진출을 선언했을 때, 응찰액이 더 높아질 수 있다."

비로소 이용운의 설명을 이해한 박건이 다부진 각오를 다지며 입을 뗐다.

"오늘은 진짜 잘해야겠네요."

＊　　　＊　　　＊

조던 픽스 VS 저니 레스터.

양 팀 에이스들의 맞대결답게 경기는 팽팽한 투수전 양상으로 흘러갔다.

0의 균형을 이룬 채 경기는 4회 초로 접어들었다.

단 한 명의 주자에게도 출루를 허용하지 않고 퍼펙트 행진을 이어나가던 조던 픽스는 4회 초에 첫 출루를 허용했다.

1사 후 우송 선더스의 2번 타자인 유호에게 중전안타를 빼앗겼기 때문이었다.

아직 경기 초반이기 때문일까.

퍼펙트 행진이 깨졌음에도 조던 픽스는 아쉬운 기색을 드러내지 않았다.

1사 1루 상황에서 타석에는 3번 타자 조우종이 들어섰다.

1볼 2스트라이크.

조던 픽스는 투수에게 유리한 볼카운트를 만드는 데 성공했지만, 조우종과의 승부를 너무 서둘렀다.

슈아악.

펵.

조우종의 허를 찌르기 위해서 몸쪽 직구를 던지며 빠른 승부를 가져갔지만, 코스가 너무 깊었다.

사구를 허용하면서 주자는 두 명으로 불어났다.

1사 1, 2루의 실점 위기가 찾아온 순간, 이용운이 심각한 목소리로 말했다.

"또 명장 코스프레를 시전 중이구나."

그 이야기를 들은 박건이 더그아웃 쪽을 힐끗 살폈다.

점퍼 주머니에 양손을 넣은 채 감독석에 앉아 경기를 지켜보는 한창기 감독의 모습을 확인한 박건이 물었다.

"왜 명장 코스프레를 시전 중이라고 말씀하신 겁니까?"

"본인이 관중이라고 착각하고 있으니까."

"제가 보기에는 딱히 할 게 없는 상황인 것 같은데요?"

비록 조던 픽스가 4회 초에 두 명의 주자를 루상에 내보내긴 했지만, 아직 경기 초반이었다.

게다가 실점을 허용하며 심각한 난조를 보인 것도 아니었다.

아직 경기 초반인 만큼, 에이스인 조던 픽스를 믿고 계속 끌고 가는 것이 맞다는 생각이 든 것이었다.

그렇지만 이용운의 생각은 달랐다.

"오늘 경기에 대한 중압감이 커서인지 조던 픽스는 평소와 달리 투구를 할 때 몸에 힘이 너무 들어간다. 그래서 제구가 흔들리고 있어. 조우종에게 사구를 허용한 게 제구가 흔들린다는 증거이지. 이럴 때는 실투가 나올 확률이 높아진다. 한창기 감독이 그 사실을 빨리 캐치 해서 대처를 해야 하는데 더그아웃에서 관중 모드를 시전하고 있으니 어찌 답답하지 않을 수 있겠느냐?"

"하지만……."

"내가 감독이었다면 투수 교체를 단행했을 것이다."

이용운의 의견을 들은 박건이 반론을 꺼냈다.

"너무 이르지 않을까요?"

"두고 봐라. 내 말이 맞다는 것을 곧 알게 될 테니까."

'정말 그럴까?'

박건이 의심쩍은 시선을 던졌을 때였다.

슈악.

따악.

묵직한 타격음이 흘러나온 순간, 박건이 그대로 얼어붙었다.

우중간으로 날아가고 있는 빅터 스마일의 타구는 컸다.

우익수 임건우가 펜스에 등을 기댄 채 점프캐치를 시도했지만, 빅터 스마일이 때린 타구는 외야 펜스를 훌쩍 넘기고 난 후 떨어졌다.

0—3.

0의 균형이 깨진 순간, 이용운이 마치 기다렸다는 듯이 소리 쳤다.

"내가 그랬잖아? 투수 교체를 빨리 단행했어야 했다고. 송성문은 국 끓여 먹으려고 미리 대기시켰던 거야?"

＊　　　＊　　　＊

4회 말 공격을 앞둔 청우 로열스 더그아웃 분위기는 무거웠다.

아직 경기 초반임에도 불구하고 이미 오늘 경기에 패해서 정규시즌 우승을 빼앗긴 게 확정된 것처럼 선수들의 표정은 어두웠다.

"한창기 감독이 명장 코스프레를 하다가 망친 경기다."

이용운이 재차 한창기 감독에게 독설을 퍼부었다.

이번에는 박건도 그 의견에 반박하지 못했다.

'투수 교체 타이밍이 반 박자 더 빨랐다면?'

한창기 감독은 석 점 홈런을 허용한 조던 픽스를 바로 송성문으로 교체했다. 그리고 송성문은 두 타자를 연속 삼진으로 돌려세우며 4회 초를 깔끔하게 마무리했다.

정교한 제구를 앞세워 타자들을 요리하는 송성문의 투구는 위력적이었다. 그래서 더 아쉬움이 남는 것이었다.

"감독님께 독설을 날린다고 한들 달라질 것은 없습니다."

잠시 후, 박건이 말하자 이용운이 수긍했다.

"나도 알고 있다. 어떻게든 수습해야지."

"어떻게 수습할 수 있을까요?"

"이번 이닝에 무조건 추격점을 올려야 한다. 그래야 침체된 분위기를 다시 끌어 올릴 수 있거든."

박건이 고개를 끄덕이며 대기타석으로 향했다.

4회 말의 첫 타자는 고동수.

2볼 2스트라이크 상황에서 저니 레스터는 몸쪽 직구를 구사했다.

슈아악.

150㎞대 초반의 강속구가 고동수의 몸쪽으로 파고들었다.

'깊다.'

박건은 고동수가 서둘러 피할 것을 예상했다. 그렇지만 고동수는 잠시 움찔했을 뿐, 타석에서 물러나지 않았다.

퍼억.

허벅지에 사구를 맞은 고동수의 통증은 엄청날 터였다.

그렇지만 고동수는 쓰러지지 않았다.

또, 통증을 호소하지도 않고 절뚝거리며 1루를 향해 걸어갔다.

'일부러 안 피했어.'

그 일련의 과정을 지켜보던 박건이 떠올린 생각이었다.

타석에서 물러나는 대신 몸만 살짝 돌린 것이 고동수가 사구를 예상하면서도 피하지 않았다는 증거였다.

즉, 어떻게든 출루하기 위해서 일부러 사구를 맞은 것이었다.

"비슷한 상황이다. 아니, 거의 똑같은 상황이다."

그때, 이용운이 입을 뗐다.

그 이야기를 들은 박건이 고개를 끄덕였다.

3이닝 동안 완벽한 피칭을 했던 조던 픽스는 4회 초에 접어들자마자 갑자기 제구가 흔들렸었다.

유호에게 안타를 빼앗겼고, 조우종에게 사구를 허용한 후, 실투를 던지다가 빅터 스마일에게 석 점 홈런까지 허용했었다.

우송 선더스의 선발투수인 저니 레스터 역시 지난 3이닝 동안 완벽한 투구를 펼쳤다.

그런데 4회 말에 접어들자마자, 고동수에게 사구를 허용했다.

이용운의 지적처럼 비슷한 패턴이었다.

'왜?'

박건이 그 이유에 대해 의문을 품은 순간, 이용운이 불쑥 물었다.

"추리소설 좋아하냐?"

*   *   *

'이 시점에 추리소설 이야기는 갑자기 왜 꺼내는 거야?'

너무 뜬금없다는 생각이 들어서 박건이 한숨을 내쉬었다.

그렇지만 이용운은 아랑곳하지 않고 이야기를 계속했다.

"추리소설 속 명탐정이 serial killer, 아, 영어로 하면 모르겠구나. 추리소설 속 명탐정이 연쇄살인범을 잡는 방법이 뭔지 알아?"

'추리소설에 이어 연쇄살인범까지?'

갑자기 이런 이야기를 꺼내는 이용운의 의도를 전혀 알아채기 힘들었다. 그래서 박건이 시큰둥한 표정으로 대꾸했다.

"열과 성을 다해 쫓아가서 잡겠죠."

"야, 그건 누구나 하는 거고. 명탐정은 달라."

"그럼 추리소설 속 명탐정은 연쇄살인범을 잡기 위해서 어떻게 하는데요?"

"공통점을 찾아."

"공통점요?"

"연쇄살인사건이니까 살인사건 현장이 여럿일 것 아냐? 명탐정은 그 사건 현장들에서 공통점을 찾는 거지. 예를 들어 피해자들 사이에 어떤 연관성이 있느냐? 또, 피해자들의 외모나 직업에 어떤 일관된 부분이 있느냐? 이런 공통점들을 찾는 거야."

'소싯적에 추리소설 좀 읽었나 보네.'

여전히 시큰둥한 표정으로 박건이 입을 뗐다.

"직업을 잘못 택하신 것 같네요."

"응?"

"해설위원 말고 형사로 나섰다면 더 성공하셨을 것 같아서요."

"그건 아냐."

'어울리지 않게 웬 겸손?'

박건이 두 눈을 흘긴 순간, 이용운이 덧붙였다.

"탐정이면 모를까? 대한민국 형사로는 성공하기 어려워. 한국 영화나 드라마에 자주 나오는 살인범을 척척 잡아내는 형사? 그거 다 뻥이야. 일거리가 산더미처럼 쌓여 있는데 무슨 수로 한 사건에 계속 매달려? 그리고 서류작업이 얼마나 많은지 알아? 서류작업만 해도 하루가 다 지나갈 정도야."

'대한민국 형사들도 힘들구나. 하긴 세상에 안 힘든 일이 어디 있나.'

박건이 속으로 생각할 때, 이용운이 다시 말을 꺼냈다.

"그래서 탐정이 되고 싶었는데 아쉽게도 대한민국에는 아직 탐정이란 직업 자체가 없어서 포기했지."

'그럼 그렇지.'

박건이 쓴웃음을 머금었다.

역시 이용운이 어울리지 않게 겸손을 부렸던 것이 아니었단 사실을 뒤늦게 깨달았기 때문이었다.

"그런데 왜 모르세요?"

"뭘 몰라?"

"제게 향하고 있는 강렬한 시선을 전혀 알아채지 못하시잖아요."

"응?"

"아까부터 주심이 계속 노려보고 있습니다."

주심에게 밉보여서 좋을 건 하나도 없었다.

그래서 박건이 더 버티지 못하고 타석을 향해 걸어가며 이용운에게 핀잔을 건넸다.

"본론만 말하시죠. 아니, 본론이 있긴 하신 겁니까?"

"당연히 본론이 있다."

"뭡니까?"

"공통점."

명쾌한 추리 끝에 범인을 찾아내서 지목하는 추리소설 속 명탐정처럼 이용운이 힘이 잔뜩 실린 목소리로 말을 이었다.

"조던 픽스의 제구가 갑자기 흔들리며 부진한 모습을 보인 이유에 대해서 나는 경기의 중압감을 이기지 못해서라고 판단했다. 그런데 저니 레스터 역시 갑자기 제구가 흔들리는 것을 확인하고 나서 어쩌면 내 판단이 틀렸을지도 모르겠다는 생각이 들었다. 저니 레스터 입장에서는 오늘 경기에서 중압감을 느낄 이유가 없거든. 우송 선더스는 오늘 경기의 승패에 관계없이 리그 3위가 확정된 상황이니까."

타석으로 걸어가던 박건이 반박하지 못하고 수긍했다.

"그럼 조던 픽스와 저니 레스터의 제구가 갑자기 흔들리는 이유가 뭘까요?"

"공통점을 찾아야 한다니까."

이용운은 박건이 스스로 답을 찾아내길 바랐다.

그래야 좀 더 극적인 상황을 연출할 수 있을 테니까.

그렇지만 박건은 그의 의도대로 움직일 생각이 없었다.

"아까부터 주심이 노려보고 있다니까요."

박건이 재차 주심을 언급하자, 그제야 이용운이 더 버티지 못하고 아쉬운 기색이 담긴 목소리를 꺼냈다.

"공통점은 청우 로열스 홈구장을 찾아와 있는 메이저리그 구단 스카우터들이다."

"……?"

"둘 다 메이저리그 복귀에 대한 욕심을 갖고 있거든."

조던 픽스와 저니 레스터.

현재 KBO 리그 1위와 3위에 올라 있는 청우 로열스와 우송 선더스에서 각각 에이스 역할을 맡고 있었다. 그리고 청우 로열스와 우송 선더스가 정규시즌을 상위권으로 마무리할 수 있었던 데는 두 에이스의 맹활약이 있었다.

그래서 조던 픽스와 저니 레스터는 KBO 리그에서의 활약상을 바탕으로 메이저리그 복귀를 내심 노리고 있는 상황.

그런데 오늘 경기에 메이저리그 구단 스카우터들이 잔뜩 몰려들어 있었기 때문에 자연스레 의식이 되는 것이었다.

"제대로 알아들었냐? 그러니까 쉽게 말해서……."

"그만하시죠."

"왜 그만하라는 거냐?"

"알아들었으니까요."

"진짜 알아들었냐?"

이용운의 못 미더운 목소리로 질문한 순간, 박건이 대답했다.

"메이저리그 구단 스카우터들을 부지불식간에 의식하고 있는 저니 레스터도 실투가 나올 확률이 높다. 그러니 타석에서 실투를 노려라. 이 간단한 이야기를 대체 왜 그렇게 길게 하는 겁니까?"

*　　　　　*　　　　　*

'통쾌하네.'

타석에 들어선 박건이 희미한 미소를 머금었다.

간만에 이용운에게 시원하게 쏘아붙이고 나자, 기분이 통쾌한 것이었다.

"어떤 구종을 던질까요?"

"……."

잠시 후 박건이 질문했지만, 이용운에게서는 대답이 돌아오지 않았다.

'또 삐졌네.'

이용운이 침묵하는 이유를 짐작했지만, 박건은 그의 기분을 풀어주기 위해 애쓰지 않았다.

그의 도움이나 조언 없이도 타석에서 잘해낼 자신이 있었기 때문이었다.

'결국 수 싸움.'

박건은 저니 레스터의 실투를 기다렸다가 노릴 계획이었다. 그렇지만 제구가 안 돼서 한가운데로 몰린 실투가 들어오더라도 타이밍이 어느 정도 맞아야 공략이 가능했다.

실투가 들어와도 공략을 못 하는 경우가 잦은 이유.

결국 타격 타이밍이 맞지 않기 때문이었다.

'직구냐? 유인구냐? 하나를 노려서 대비해야 해.'

잠시 후, 박건이 수 싸움을 마치고 타격 준비에 돌입했다.

'배트를 길게 쥐고, 타석의 가장 끝부분에 선다. 그리고 레그 킥은…….'

슈아악.

저니 레스터가 박건을 상대로 초구를 던졌다.

포수는 바깥쪽 꽉 찬 코스를 요구했지만, 저니 레스터의 손을 떠난 공은 한가운데 코스로 들어왔다.

'실투.'

기다렸던 실투가 들어온 순간, 박건이 힘껏 배트를 휘둘렀다.

따악.

경쾌한 타격음이 울려 퍼졌다.

　　　　*　　　　　*　　　　　*

툭. 툭. 데구르르.

외야 펜스를 넘기길 바랐는데.

박건이 저니 레스터의 실투를 노려 친 타구는 외야 펜스를 넘기는 데 실패했다.

좌익 선상 안쪽에 떨어진 타구는 투 바운드를 일으킨 후 펜스까지 굴러갔다.

일찌감치 타구 판단을 마친 1루 주자 고동수는 빠른 발을 자랑하며 홈으로 파고들었다.

"세이프."

추격의 서막을 알리는 1타점 적시 2루타를 때렸음에도 박건은 아쉬운 기색을 감추지 못했다.

'너무 빨랐어.'

조금 전 타구가 홈런이 되지 못한 이유.

타이밍이 너무 빨라서였다.

'레그 킥이 너무 낮았어.'

직구가 들어올 것이라는 구종 예측에는 성공했다. 그런데 저니 레스터가 던진 직구의 구속이 박건의 예상보다 느렸다.

147km.

방금 박건이 공략했던 직구의 구속이었다.

150km대 초반의 직구를 예상하고 빠르게 타이밍을 가져갔기에 정타가 되지 못했던 것이었다.

"그래도 일단 추격점은 올렸어. 그리고 아직 찬스는 끝나지 않았어."

4회 초에 실점을 허용한 후, 4회 말에 바로 추격점을 올렸다는 것.

축 처졌던 팀 분위기가 살아날 수 있다는 점에서 분명히 의미가 있었다.

게다가 무사 2루의 득점 찬스가 이어지고 있는 만큼, 추가점을 올릴 가능성은 여전히 남아 있었다.

그때, 우송 선더스 장정훈 감독이 더그아웃을 박차고 나와 마운드로 걸어 올라왔다. 그리고 장정훈 감독은 바로 투수 교체를 단행했다.

'빠르다.'

그 모습을 지켜보던 박건이 놀랐다.

비록 1실점을 허용하긴 했지만, 저니 레스터가 오늘 경기에서 허용한 안타는 단 하나뿐이었다. 그래서 과감하게 선발투수인 저니 레스터를 교체하는 장정훈 감독의 선택이 너무 이르다고 생각한 것이었다.

'서광현?'

잠시 후, 마운드로 서광현이 올라왔다. 그리고 서광현의 보직은 불펜투수가 아니었다.

팀의 3선발을 맡고 있는 토종 에이스였다.

'총력전!'

마운드를 향해 걸어 올라오고 있는 서광현을 확인하고 박건이 총력전이란 단어를 떠올렸을 때였다.

"장정훈 감독, 역시 뒤끝 찌네."

이용운이 말했다.

"왜 뒤끝이 찐다고 표현하신 겁니까?"

"어차피 우송 선더스의 순위가 3위로 확정된 마당인데도 악착같이 경기에 임하잖아."

"대체 왜 저렇게까지 하는 겁니까?"

"남 잘되는 꼴은 보기 싫으니까."

"하지만 우송 선더스와 청우 로열스 사이에 딱히 특별한 악연은 없지 않습니까?"

박건이 여전히 이해가 안 간다는 표정을 지었을 때, 이용운이 반박했다.

"악연이다."

"왜 악연이란 겁니까?"

"삼각 트레이드에서 재미를 못 봤잖아."

청우 로열스 주도로 이뤄졌던 삼각 트레이드.

청우 로열스에서는 포수 유망주인 윤진규를 트레이드 카드로 활용해서 배준영과 송성문을 영입했다.

중앙 드래곤즈는 장길태와 송성문을 트레이드 카드로 활용해서, 윤진규를 영입했다.

마지막으로 우송 선더스는 배준영을 트레이드 카드로 활용해서, 불펜투수인 장길태를 영입했다.

이것이 삼각 트레이드의 전모.

"중앙 드래곤즈가 가장 큰 이득을 봤다. 우송 선더스도 손해 본 것이 없다. 반면 청우 로열스는 완전히 밑지는 장사를 했다."

삼각 트레이드가 성사됐을 당시, 전문가들과 팬들의 의견은 대체로 일치했다.

청우 로열스가 삼각 트레이드로 가장 큰 손해를 봤다고 평가했다.

그렇지만 정규시즌이 막바지에 다다른 지금, 당시 삼각 트레이드에 대한 평가는 바뀌어 있었다.

가장 큰 이득을 본 것은 청우 로열스.

중앙 드래곤즈는 본전.

그리고 가장 손해를 본 것은 우송 선더스.

백팔십도 평가가 바뀐 이유는 송성문과 배준영이 맹활약을 한 것도 있지만, 우송 선더스가 영입한 장길태가 부상과 부진으로 신음하며 전혀 역할을 해주지 못했기 때문이었다.

'악연이라고 생각할 수도 있겠네.'

거기까지 생각이 미친 박건이 속으로 생각했을 때였다.

"사촌이 땅을 사도 배가 아픈 법이다. 그런데 청우 로열스로 보낸 배준영이 맹활약하는 반면, 장길태는 속된 말로 죽을 쑤고 있으니 오죽 배가 아프겠냐?"

"그래서 독기를 품었군요."

"그게 다가 아냐."

"또 다른 이유가 있습니까?"

"장정훈 감독이 판단을 내렸어."

"어떤 판단요?"

"대승 원더스보다는 청우 로열스를 상대하는 편이 쉽다고."

"……?"

"플레이오프에서 대승 원더스를 피하고 청우 로열스를 상대하는 편이 우송 선더스에게 유리하다. 이렇게 판단을 내렸기 때문에 장정훈 감독과 우송 선더스 선수들이 오늘 경기에 더 악착같이 임하는 거야."

비록 정규시즌 막판에 리그 선두 자리를 청우 로열스에 내줬지만, 대승 원더스는 명실공히 리그 최강팀이었다.

리그 선두를 빼앗긴 지금도 전문가들은 객관적인 전력에서 대승 원더스가 청우 로열스에 앞선다는 평가를 내리고 있었다.

우송 선더스 장정훈 감독도 비슷한 판단을 내렸다는 뜻이었다.

'우리 팀도 강한데.'

박건의 빈정이 슬쩍 상했다.

정규시즌을 치르는 동안 청우 로열스는 리그 최하위부터 리그 1위까지 모든 순위를 다 경험했다.

마치 롤러코스터를 타듯이 정규시즌 내내 산전수전을 다 겪은 청우 로열스의 현재 순위는 리그 선두.

그런데 현재 리그 2위에 올라 있는 대승 원더스보다 약팀이라는 평가를 받자, 기분이 좋지 않은 것이었다.

그렇지만 이용운의 판단은 달랐다.

"장정훈 감독의 선택이 옳다."

"하지만……"

박건이 발끈했을 때, 이용운이 질문했다.

"청우 로열스도 나름 괜찮은 팀이라고 반박하고 싶은 거지?"

"맞습니다."

"나도 인정한다. 그렇지만 청우 로열스가 대승 원더스에 비해 약팀인 데는 한 가지 이유가 있다."

"그게 뭡니까?"

"감독의 역량 차이. 청우 로열스의 약점은 한창기 감독이다."

박건이 더그아웃 쪽으로 고개를 돌려 감독석에 앉아 있는 한창기 감독을 힐끗 살폈을 때, 서광현이 연습 투구를 마쳤다.

무사 2루 상황에서 서광현이 첫 상대인 양훈정을 상대로 초구를 던졌다.

슈아악.

딱.

빗맞은 타구는 멀리 뻗지 않았다.

좌익수가 본래 수비위치에서 거의 움직이지 않은 채 타구를 잡아냈고, 박건은 움직이지 못했다.

퍽.

양훈정이 헬멧을 내던지며 아쉬움을 드러냈다.

진루타가 되지 못했기에 1사 2루로 바뀐 상황에서 타석에는 4번 타자 앤서니 쉴즈가 들어섰다.

'앤서니 쉴즈라면 기대해도 되지 않을까?'

길었던 슬럼프에서 탈출한 후, 앤서니 쉴즈는 팀의 4번 타자 역할을 잘 수행하고 있었다. 그래서 박건이 내심 기대했지만, 앤서니 쉴즈는 타석에서 배트를 한 번도 휘두르지 못했다.

"볼넷."

서광현은 철저하게 유인구 위주로 앤서니 쉴즈와 상대하다가 볼넷을 허용했다.

고의사구는 아니었지만, 실질적으로는 고의사구나 마찬가지였다.

1사 1, 2루에서 타석에 들어선 것은 5번 타자 백선형.

팀의 주장으로서 승부처에서 해결하고 싶다는 의지를 드러내듯 백선형의 표정은 비장하기까지 했다.

슈악.

딱.

그렇지만 타석에서의 결과는 좋지 않았다.

스트라이크존에서 빠져나가는 슬라이더를 잡아당긴 백선형의 땅볼타구는 유격수 앞으로 굴러갔다.

"아웃."

2루에 이어 1루에서도 아웃이 선언되면서, 청우 로열스의 4회말 공격이 끝이 났다.

1-3.

비록 한 점을 추격하는 데 성공하긴 했지만, 무척 아쉬움이 남는 결과.

그래서 박건이 무척 아쉬운 기색을 드러냈을 때, 이용운이 말했다.

"감독의 역량 차이가 드러난 결과다."

*   *   *

두 점의 격차가 유지된 채로 경기는 9회 초까지 이어졌다.

9회 말 마지막 공격만 남겨둔 상황이 되자, 청우 로열스 더그아웃 분위기는 초상집과 비견될 정도로 어두웠다.

동 시간대에 펼쳐지고 있는 대승 원더스와 마경 스왈로우스의 정규시즌 최종전에서 대승 원더스가 앞서고 있었기 때문이었다.

11—1.

비록 양 팀의 경기는 아직 끝난 것이 아니었지만, 점수 차는 이미 크게 벌어져 있었다.

마경 스왈로우스가 경기를 뒤집을 가능성은 거의 제로에 가까웠다.

손을 뻗으면 닿을 정도로 가까이 다가왔던 정규시즌 우승을 놓칠 위기에 처했으니, 청우 로열스 더그아웃 분위기가 어두운 것은 당연했다.

9회 초 수비를 마치고 더그아웃으로 돌아온 박건이 한창기 감독을 힐끗 살폈다.

'결국 투수 교체 타이밍에서 승부가 갈렸어.'

한창기 감독은 투수 교체 타이밍이 반박자 느렸던 반면, 장정훈 감독은 투수 교체 타이밍이 반박자 빨랐다.

이 차이가 1—3의 결과를 만들었다고 해도 과언이 아니었다.

저니 레스터를 과감하게 강판하고 장정훈 감독이 마운드에 올린 서광현은 4회 말 무사 2루의 위기를 무실점으로 막아내며 탈출했다.

그 후로도 4이닝 무실점의 호투를 펼치며 청우 로열스의 추격 의지를 꺾었다.

감독의 역량 차이가 최악의 결과를 낳았다는 사실을 잘 알기 때문일까.

한창기 감독의 표정은 딱딱하게 굳어져 있었다.

피가 날 정도로 입술을 꽉 깨물고 있는 한창기 감독을 박건이 바라보고 있을 때, 이용운이 입을 뗐다.

"오늘 경기가 예방주사가 될 수도 있다."

"예방주사요?"

"한창기 감독도 오늘의 실패를 교훈 삼아서 앞으로 펼칠 단기전에서 달라진 모습을 보일 테니까."

박건이 고개를 끄덕였다.

실패는 아프지만, 사람을 한 단계 더 성장시키는 법이었으니까.

그렇지만 박건은 한숨을 내쉬지 않을 수 없었다.

오늘 경기의 아쉬운 패배.

한창기 감독에게는 좋은 예방주사가 되겠지만, 청우 로열스는 정규시즌 우승을 놓치는 결과를 얻게 될 터였다.

또, 청우 로열스가 정규시즌 우승을 놓치게 되면, 박건의 메이저리그 진출도 자연스레 미뤄질 터였기 때문이었다.

"아직 안 끝났다."

그때, 이용운이 말했다.

"끝날 때까지 끝난 게 아니다?"

요기 베라가 남긴 명언을 박건이 입에 올린 순간, 이용운이 말했다.

"감독이 망친 경기를 살릴 수 있는 방법이 아직 남아 있다."

"그 방법이 대체 뭡니까?"

"선수들이 다 죽어가는 경기를 심폐 소생 하는 것이다."

'심폐 소생이라.'

박건이 그 말을 속으로 되뇔 때, 이용운이 덧붙였다.

"그게 좋은 팀의 조건 중 하나이다."

제5장

"…포상금을 걸까요?"

다 죽어가는 경기를 살리기 위한 심폐 소생 방법에 대해서 고민하던 박건이 한참 만에 입을 뗐다.

그 방법을 들은 이용운이 되물었다.

"포상금을 얼마나 걸려고?"

"선수 일 인당 이십만 원 정도요."

박건이 잠시 망설인 후 대답하자, 이용운이 비웃었다.

"포상금을 참 많이도 거는구나."

"제 연봉이 얼마인지는 선배님도 아시지 않습니까?"

"그 정도 금액으로 과연 사기 진작이 될까?"

"안 될까요?"

"억대 연봉을 받는 선수들이 수두룩한데, 고작 포상금 이십만 원으로 사기 진작이 될 리가 없지."

이용운의 지적이 옳았다.

그래서 깔끔하게 포상금을 통해서 선수들의 사기를 진작시키려는 방법을 포기한 박건이 한숨을 내쉬었다.

딱히 마땅한 방법이 떠오르지 않았기 때문이었다.

"내가 방법을 알려줄까?"

"어떤 방법입니까?"

귀가 번쩍 뜨인 박건이 묻자, 이용운이 대답했다.

"진심이다."

"진심…요?"

"결국 사람의 마음을 움직일 수 있는 건 진심이거든."

'옳은 말이긴 한데, 대체 진심을 어떻게 전하지?'

박건이 재차 고민에 잠겼을 때, 이용운이 그 방법에 대해서도 알려줬다.

"내가 후배를 아끼는 마음이 느껴지지? 그 이유는 진심이기 때문이다. 후배도 나처럼 하면 돼."

'듣고 나니 더 어렵네.'

한숨을 푹 내쉰 박건이 그라운드로 시선을 던졌다.

9회 말의 선두타자인 7번 타자 이필교가 타석에 들어서 있었다.

우송 선더스의 마운드는 마무리투수인 이원중이 지키고 있었다.

2볼 1스트라이크의 볼카운트에서 이원중이 4구째 공을 던졌다.

슈악.

부우웅.

이필교가 크게 헛스윙을 하는 것을 확인한 박건이 슬쩍 눈살을 찌푸렸다.

지금은 홈런보다 출루가 더 필요한 상황이었다.

그런데 이필교의 스윙은 너무 컸다.

'이대로는 안 돼.'

마음이 조급해진 박건이 벌떡 일어섰다.

"우승하고 싶습니다."

부지불식간에 소리친 박건이 주위를 살폈다.

모두의 시선이 자신에게 쏠려 있는 것을 알아챈 박건이 흠칫했지만, 이미 내친걸음이었기에 계속 말을 이었다.

"우승하고 싶지 않습니까?"

"……."

"……?"

"정규시즌 우승은 이번에도 대승 원더스가 차지했다. 대승 원더스가 역시 KBO 리그 최고의 팀이었다. 청우 로열스는 운이 좋아서 정규시즌 막바지에 리그 선두에 올랐지만, 결국 한계가 드러났다. 우리가 오늘 경기에서 패해서 우승을 차지하지 못하면 분명히 이런 이야기가 나올 겁니다. 나는 그런 이야기가 듣고 싶지 않습니다. 그리고 우리의 노력이 운이 좋았다는 것으로 폄하되는 것도 싫습니다. 청우 로열스의 선전이 운이 아니었구나. 우승을 할 저력과 자격이 있구나. 이런 이야기를 듣고 싶습니다. 그래서 꼭 오늘 경기를 이겨서 우승을 하고 싶습니다."

박건이 열변을 토해낸 후, 다시 주위를 살폈다.

'변했다?'

팀원들의 두 눈에서 꺼져가던 승리에 대한 의지가 다시 살아나기 시작한 것을 확인한 박건이 다음 수순으로 넘어갔다.

"제가 한 번 더 타석에 설 수 있는 기회를 만들어주십시오. 제가 무슨 수를 써서라도 우리 팀이 우승할 수 있도록 만들어내겠습니다. 그러니까 제발 기회를 주십시오."

'진심이 전해졌을까?'

박건이 가쁜 숨을 몰아쉬고 있을 때였다.

"박건, 방금 한 약속 지켜라."

팀의 주장인 백선형이 꼭 약속을 지키라고 말했다.

"자, 이렇게 순순히 물러나지 말자고. 박건 말대로 이미 오늘 경기를 지켜보고 있던 기자들이 벌써 대승 원더스의 우승이 당연한 결과였다고 헤드라인 뽑고 있을 거야. 난 그 기사 제목을 보고 나면 한동안 잠이 안 올 것 같아. 또 며칠 동안 억울하고 분해서 끙끙 앓을 것 같아. 너희들은 안 그래? 그리고 박건이 과연 약속을 지킬지 궁금하지 않아? 박건이 진짜 그 약속을 지킬지 확인할 수 있도록 기회를 한 번 만들어보자고."

백선형의 말이 끝나기 무섭게 팀원들이 앞다투어 소리쳤다.

"알겠습니다."

"약속을 지키는지 한번 확인해 보죠."

"죽지 마. 무슨 수를 써서라도 살아나가."

슈아악.

부우웅.

이원중의 몸쪽 높은 직구에 헛스윙 삼진을 당한 이필교가 더 그아웃으로 돌아왔다.

그런 그가 당황한 기색을 드러냈다.

타석에 들어서기 전과 헛스윙 삼진을 당하고 돌아온 후, 더그 아웃 분위기가 너무 달라졌기 때문이리라.

"창명아, 살아라."

"공에 맞고서라도 출루해."

"뭐라도 해라."

배준영을 대신해서 대타자로 출전하는 구창명에게 팀원들의 당부가 쏟아졌다.

비장한 표정으로 고개를 끄덕인 후 타석으로 걸어가는 구창 명의 뒷모습을 박건이 바라보고 있을 때였다.

"기대 이상이었다."

이용운이 평가했다.

"무슨 말씀이십니까?"

"내가 기대했던 것 이상으로 감동적인 연설이었다. 덕분에 진 심이 전해졌지. 우리 후배, 말발 좀 있는데?"

"선배님께는 아직 한참 못 미칩니다."

"오오, 겸손하기까지. 나중에 은퇴하고 나서 해설해라."

이용운이 은퇴 후 직업으로 해설위원을 하라고 추천했다.

그렇지만 박건은 지금 은퇴 후 직업까지 고민해 볼 정도의 여 유가 없었다.

"제 말발이 과연 먹힐까요?"

그래서 박건이 조심스럽게 묻자, 이용운이 대답했다.

"분명히 팀원들에게 하고자 하는 의지는 생겼다. 그렇지만 의지만 갖고 야구를 하는 건 아니니까."

박건이 고개를 끄덕일 때, 이용운이 덧붙였다.

"일단 지켜보자."

그 조언대로 박건이 그라운드로 시선을 던졌을 때였다.

슈악.

따악.

구창명이 이원중의 초구를 노려 쳐서 우전안타를 만들어냈다.

"나이스."

"우리 창명이 잘했다."

"아직 안 끝났어. 역전할 수 있다."

구창명의 안타가 나온 순간, 더그아웃 분위기가 본격적으로 달아오르기 시작했다.

그리고 한창기 감독은 9번 타자 김천수를 대신해서 정준수를 대타자로 기용했다.

슈악.

딱.

정준수가 때린 타구는 배트 하단에 맞고 크게 바운드를 일으킨 후, 3루 측 라인 선상을 타고 느리게 굴러갔다.

"달려라."

"젖 먹던 힘까지 쥐어짜서 달려."

"슬라이딩! 슬라이딩해."

더그아웃 앞까지 나와서 응원하던 고참급 선수들이 앞다투어

소리쳤다.

그 응원처럼 젖 먹던 힘까지 짜내서 전력 질주 하던 정준수는 헤드퍼스트슬라이딩을 감행했다.

"세이프."

정준수의 손끝이 1루 베이스에 닿은 것이 1루수의 글러브에 송구가 도착한 것보다 빨랐다고 판단한 1루심이 세이프를 선언했다.

판정에 불복한 장정훈 감독이 비디오판독을 요청했다.

그렇지만 비디오판독을 거쳤음에도 원심은 번복되지 않았다.

1사 1, 2루로 상황이 바뀐 순간, 타석에는 1번 타자 고동수가 등장했다.

그리고 고동수는 이원중과 끈질긴 승부를 펼쳤다.

풀카운트에서 이원중이 결정구로 바깥쪽 싱커를 구사했다.

고동수가 스윙을 가져가던 도중 가까스로 배트를 멈춰 세웠다.

포수가 벌떡 일어나면서 3루심을 손으로 가리켰다.

'판정은?'

박건을 포함한 모두의 시선이 3루심에게 쏠렸을 때, 3루심이 배트가 돌지 않았다고 판정하며 가로로 양팔을 벌렸다.

우송 선더스의 포수인 정태훈이 억울함을 이기지 못하고 펄쩍 뛰었고, 장정훈 감독이 판정에 항의하기 위해서 더그아웃을 박차고 걸어 나왔다.

"집중해라."

박건이 그 모습을 지켜보고 있을 때, 이용운이 말했다.

"어차피 판정은 바뀌지 않는다. 장정훈 감독이 그 사실을 모를 리 없지. 그럼에도 불구하고 항의를 하기 위해서 뛰쳐나온 이유는 경기의 흐름을 끊기 위해서다."

구창명의 안타를 시작으로 정준수와 고동수까지 출루에 성공하면서 1사 만루의 찬스가 만들어졌다.

장정훈 감독은 청우 로열스의 상승세를 끊어놓기 위해서 항의를 선택한 것이었다.

"긴장되냐?"

이 한 타석에 청우 로열스의 청규시즌 우승 여부가 걸려 있었다.

게다가 박건은 타석에 설 기회가 주어지면 무슨 수를 써서라도 해결하겠다고 팀원들에게 큰소리까지 쳐놓은 상태였다.

그런데 어찌 긴장되지 않을까.

"조금요."

박건이 순순히 대답하자, 이용운이 조언했다.

"힘 빼고 쳐라. 단타만 나와도 동점을 만들 수 있으니까."

"하지만……"

박건의 표정이 어두워졌다.

한창기 감독은 이미 두 명의 대타자를 기용한 상황이었다.

특히 포수인 김천수의 타석에 정준수를 대타자를 기용한 것은 경기가 연장으로 접어들었을 때 청우 로열스에 불리하게 작용할 가능성이 높았다.

그런 박건의 속내를 읽었을까.

이용운이 덧붙였다.

"야구 혼자 하는 것 아니다."

"……?"

"양훈정과 앤서니 쉴즈를 믿어라."

아까 박건의 일장 연설(?)로 인해 청우 로열스 선수들의 정신 무장은 확실하게 된 상태였다.

정규시즌 우승에 대한 열망이 박건 못지않게 강해졌고, 타석에서의 능력도 뛰어난 선수들이었다.

그들을 믿는 것이 맞다고 판단한 박건이 타석으로 향할 준비를 할 때였다.

"약속 지켜라."

백선형이 말했다.

"약속 꼭 지키겠습니다."

박건이 대답하자, 백선형이 웃으며 덧붙였다.

"나는, 그리고 우리는 너를 믿는다. 그렇지만 너무 부담 가질 필요는 없다."

"……?"

"네가 아니었다면 여기까지 오지도 못했다는 것, 우리 모두가 알고 있으니까. 그리고 이번 타석 결과에 상관없이 우리의 야구는 계속되니까."

*   *   *

"야구는… 계속된다."

타석으로 걸어가던 박건이 조금 전 백선형이 건넸던 말을 작게 되뇌었다.

그의 말처럼 오늘 경기가 끝이 아니었다.

앞으로도 야구는 계속됐다.

그렇지만 다른 팀원들은 알지 못했지만 박건에게는 오늘 경기에 또 다른 중요한 의미가 있었다.

"어디서 야구를 계속하느냐가 오늘 경기에 달렸지."

통합 우승.

박건이 메이저리그에 진출하기 위한 필요조건이었다.

KBO 리그에서 야구를 계속하느냐?

메이저리그에서 야구를 계속하느냐?

지금이 첫 번째 갈림길이었고, 이번 타석 결과에 따라서 박건이 어디서 야구를 계속할지가 달려 있는 것이었다.

"와아."

"와아아."

끝난 것 같았던 정규시즌 우승 경쟁의 불씨가 다시 살아났기 때문일까.

박건이 타석을 향해 걸어갈 때, 청우 로열스 홈 팬들이 기대에 찬 환호를 보내주었다.

"나는… 메이저리그로 가야겠습니다."

박건이 타석에 서서 타격 준비를 시작했다.

"왜 안 물어봐?"

그때 이용운이 물었다.

어떤 구종을 던질지 왜 묻지 않았느냐고 의문을 표하는 것이었다.

"상관없습니다."

"응?"

"어떤 구종이 들어오든 무조건 안타로 만들어낼 겁니다."

박건이 다부진 각오를 꺼낸 후, 배트를 고쳐 쥐었다.

슈악.

크게 심호흡을 한 이원중이 초구를 던졌다.

'바깥쪽 싱커.'

박건이 두 눈을 빛냈다.

'장타를 의식하고 있기 때문에 과감한 몸쪽 승부를 펼치지는 못할 것이다. 그리고 병살을 유도하기 위해서 싱커를 던질 확률이 높다.'

타석에 들어서기 전 박건이 했던 예측이었다.

그 예측이 적중했음을 알아챈 박건이 배트를 휘둘렀다.

따악.

경쾌한 타격음이 관중들의 환호에 이내 묻혔다.

힘들이지 않고 정확하게 맞히는 데 집중한 타구였는데.

타구의 비거리는 박건의 예상보다 더 멀리 뻗어 나갔다.

1루 베이스를 향해 달려가던 박건이 타구의 궤적을 살폈다.

'넘어가라.'

우익수가 필사적으로 타구를 쫓아가서 점프캐치를 시도했다. 그렇지만 타구는 우익수가 높이 들어 올린 글러브를 살짝 넘기고 그라운드에 떨어졌다.

'뛰어라.'

3루 주자가 홈으로 들어왔다.

2루 주자도 여유 있게 홈으로 들어왔다.

최소 동점을 확보한 순간, 박건이 1루 주자인 고동수의 위치를 살폈다.

어느새 3루 베이스를 통과한 고동수는 달리던 속도를 늦추는 대신 더 끌어 올리며 홈으로 파고들었다.

'더 빨리!'

지금 박건이 할 수 있는 것은 속으로 기도하는 것뿐이었다.

우익수의 송구를 받은 2루수가 홈으로 공을 던졌다.

2루 베이스 근처에 도착한 박건이 홈승부를 살폈다.

쉬이익.

고동수가 이를 악물고 헤드퍼스트슬라이딩을 감행한 순간, 포수가 미트로 빠르게 태그 했다.

'아웃.'

우송 선더스의 중계플레이가 워낙 깔끔했다. 그래서 포수의 태그가 조금 더 빨랐다는 것이 확연히 보였다.

'아쉽다.'

박건에게는 길게 아쉬움을 곱씹을 시간도 없었다.

고동수가 홈에서 태그아웃을 당했다고 해서 경기가 끝난 것은 아니었다.

그리고 2사 2루와 2사 3루의 차이는 무척 컸다.

그 사실을 잘 알고 있는 박건이 재빨리 3루를 향해 내달릴 때였다.

"와아!"

"와아아!"

경기장이 떠나갈 듯한 환호성이 박건의 귓가로 파고들었다.

아니, 좀 더 정확히 표현하면 마치 지진이 난 것처럼 경기장이 강하게 울렸다.

'왜?'

박건이 그 이유에 대해 의문을 품은 순간이었다.

"그만 뛰어도 된다."

이용운이 말했다. 그제야 3루를 향해 달리던 속도를 늦추며 박건이 홈플레이트 쪽으로 고개를 돌렸다.

두 팔을 번쩍 들어 올린 채 펄쩍펄쩍 뛰고 있는 고동수의 모습.

고개를 절레절레 흔들며 더그아웃으로 걸어가는 우송 선더스 포수 정태훈의 모습.

그리고 마지막으로 홈플레이트 근처에 떨어져 있는 하얀색 공이 보였다.

'공을 놓쳤구나.'

비로소 박건이 상황을 파악하는 데 성공했다.

우송 선더스 포수인 정태훈의 태그가 고동수의 손이 홈베이스를 터치하는 것보다 분명히 더 빨랐다.

그렇지만 정태훈은 태그 과정에서 미트 속 공을 떨어뜨렸고, 그로 인해 세이프가 선언된 것이었다.

"경기 끝났으니까."

"……"

"잘했다."

이용운의 칭찬을 들은 박건이 걸음을 멈추었다.

'우승이다.'

휘익.

청우 로열스의 정규시즌 우승이 확정됐다는 사실을 뒤늦게 알아챈 순간, 주체하기 힘들 정도로 희열이 밀려들었다.

그래서 박건이 헬멧을 벗어서 높이 던진 순간, 우르르 달려 나온 팀원들이 박건을 얼싸안았다.

"이 멋진 자식! 기어이 약속 지켰네."

"우승이다. 우승!"

"우리가 이겼다."

누군가에 의해 허공에 높이 들어 올려진 채 박건이 두 팔을 높이 들어 만세를 부르며 포효했다.

"우리가 해냈습니다!"

*   *   *

"와아."

"와아아!"

청우 로열스의 정규시즌 우승이 확정된 순간, 경기장은 홈 팬들이 내지르는 환호로 뜨겁게 달아올랐다.

송이현도 더 앉아 있지 못하고 자리에서 일어섰다.

"미쳤다."

청우 로열스의 우승을 확정 짓는 끝내기안타를 터뜨린 후, 팀원들과 얼싸안고 기뻐하는 박건에게서 시선을 떼지 못한 채, 송이현이 혼잣말을 꺼냈다.

"진짜 우승할 줄은 몰랐는데."

올 시즌에 가을야구 진출만 해도 성공이라 판단했는데.

청우 로열스가 결국 정규시즌 우승을 차지했으니, 기대 이상의 성적을 거둔 셈이었다.

"제임스는 우리 팀의 우승을 예상……?"

제임스 윤에게 질문하기 위해 고개를 돌렸던 송이현이 도중에 말을 멈추었다.

허그를 하기 위해서 양팔을 벌리고 있는 제임스 윤을 발견했기 때문이었다.

"팔은 왜 벌리고 있어요?"

"그게… 기쁨을 만끽하고 있는 중이었습니다."

"그럼 팔의 방향이 바뀌었어야 되는 것 아닌가요?"

"네?"

"양팔을 옆으로 벌리고 있는 게 아니라 위로 들어 올리고 있는 게 기쁨을 표현하는 정석이 아닌가 해서요. 지금 제스처는 꼭……."

"꼭 뭡니까?"

"날 얼싸안으려는 것 같은데요."

송이현의 지적이 정확해서일까.

제임스 윤이 멋쩍은 표정으로 불평을 터뜨렸다.

"너무 냉정하신 것 아닙니까?"

"내가요?"

"이럴 땐 서로 얼싸안고 기쁨을 나눠야 하는 겁니다."

제임스 윤이 시커먼 속내를 드러낸 순간, 송이현이 오른손을 들어 올렸다.

"나도 기뻐요. 그러니 허그 대신 하이파이브를 하죠."

쫘악.

하이파이브를 한 제임스 윤이 여전히 아쉬운 기색을 감추지 못한 채 말했다.

"그런데 진짜 기쁜 것 맞습니까?"

"왜 그런 질문을 해요?"

"표정이 그리 밝지 않으신 것 같아서요."

'괜히 뛰어난 스카우터가 아니네.'

송이현이 쓰게 웃었다.

실력 있는 스카우터답게 제임스 윤의 눈썰미는 뛰어났다.

"기쁘기는 한데 한편으로는 걱정도 돼요."

"왜 걱정이 되시는 겁니까?"

"이별이 성큼 다가온 것 같아서요."

송이현이 대답하자, 제임스 윤의 표정이 딱딱하게 굳어졌다.

"토사구팽당하는 겁니까?"

"토사구팽요?"

"청우 로열스가 충분히 강팀이 됐다. 이제 몸값이 비싼 스카우터인 제임스 윤은 더 이상 필요가 없다. 이렇게 판단하신 것, 아닙니까?"

제임스 윤이 단단히 오해하고 있다는 사실을 알아챈 송이현이 웃으며 말했다.

"언젠가 이별하겠지만 아직은 아니에요."

"저와의 이별이 다가온 게 아니란 뜻이군요."

"맞아요."

"그럼?"

"박건 선수와의 이별이 다가오는 것 같다는 뜻이었어요."

그라운드에서는 정규시즌 우승을 달성한 것을 기념한 행사가 이어지고 있었다.

여전히 기쁨을 표출하면서 그 행사에 참가하고 있는 박건 선수를 바라보며 송이현이 덧붙였다.

"통합 우승을 위한 첫 단추를 꿰었으니까요."

그제야 말뜻을 이해한 제임스 윤이 입을 열었다.

"아직 슬퍼하거나 걱정하기에는 이릅니다. 한국시리즈 우승도 남아 있고, 포스팅 응찰액이 이백오십만 달러를 넘긴다는 보장도 없으니까요. 두 가지 조건 모두 달성이 어려운 만큼, 미리 걱정할 필요는 없습니다."

"저도 알아요. 그런데……."

"그런데 뭡니까?"

송이현이 대답했다.

"왠지 박건 선수는 그 어려운 걸 다 해낼 것 같은 느낌이 들어요."

*　　　　*　　　　*

"오늘 하루는 마음껏 즐겨라."

청우 로열스가 정규시즌 우승을 차지한 후, 이용운이 한 말이었다.

이용운과 '영혼의 파트너'가 된 후 처음으로 박건은 루틴대로 하던 훈련을 걸렀다. 그리고 애써 자제하고 있던 술도 마음껏 마셨다.

새벽까지 이어진 술자리의 분위기는 즐거웠다.

선수들은 물론이고 코칭스태프들까지.

모두가 우승의 기쁨을 만끽했다.

"끄응."

박건이 신음성과 함께 무거운 눈꺼풀을 밀어 올렸다.

'너무 마셨네.'

머리가 깨질 듯한 통증을 느끼던 박건의 눈에 익숙한 천장이 보였다.

'그래도 숙소에는 용케 잘 도착했네.'

일단 안도한 박건이 기억을 더듬었다.

새벽까지 이어졌던 술자리.

무려 청우 로열스의 정규시즌 우승을 확정 짓는 끝내기안타를 터뜨렸던 박건에게 팀원들은 쉬지 않고 술을 권했다.

거절하지 않고 넙죽 받아 마시다 보니 어느새 필름이 끊겼다.

박건이 기억하는 마지막 장면은 얼큰하게 취한 선수들이 손사래 치는 한창기 감독의 헹가래를 치던 장면이었다.

그리고 술에 취한 선수들은 한창기 감독을 높이 던졌다가 바닥에 떨어뜨렸다.

허리를 부여잡고 통증을 호소하던 한창기 감독이 억지로 헹가래를 쳤던 선수들에게 원망스러운 시선을 던졌고, 애써 시선을 외면하던 선수들의 모습.

그리고.

"명장 코스프레했던 대가를 톡톡히 치르는구나."

이용운이 기꺼운 목소리로 꺼낸 말을 들은 것이 박건의 기억 속에 남아 있는 마지막 장면이었다.

'목이 타는 것 같네.'

갈증을 느낀 박건이 한숨을 내쉬었다.

침대에서 생수가 들어 있는 냉장고까지 거리.

채 3미터도 되지 않았다.

그럼에도 불구하고 마치 부산에서 서울까지의 거리처럼 멀게 느껴진 것이 박건이 한숨을 내쉰 이유였다.

어지간하면 목이 타는 것을 무시하고 다시 눈을 감고 잠들어 버리고 싶었는데…….

하지만 그러기엔 갈증이 너무 심했다.

결국 박건이 억지로 몸을 일으켰을 때였다.

파알랑.

침대맡에 놓여 있던 잡지책의 책장이 넘어갔다.

그 모습을 확인한 박건이 두 눈을 부릅떴다.

'역시 너무 마셨나?'

숙소의 창문은 굳게 닫혀 있었다.

바람 한 점 없는 상황인데 갑자기 잡지책의 책장이 넘어가는 것을 봤으니 어찌 놀라지 않을 수 있을까.

'술이 덜 깨서 헛것을 본 걸 거야.'

박건이 속으로 생각했을 때였다.

스으윽.

다시 책장이 천천히 들어 올려졌다.

팔랑.

잠시 후, 또 한 장의 책장이 넘어가는 것을 확인한 박건이 혼비백산했다.

'헛것을 본 게 아냐.'

등줄기를 타고 식은땀이 흘렀다.

'그래. 이건 꿈일 거야.'

박건이 더 잡지책을 바라보지 못하고 두 눈을 감아버렸다.

*　　　*　　　*

'Read the baseball'.

월간 야구 잡지 중 하나였다. 그리고 이건 이용운이 생전에 즐겨 읽던 잡지이기도 했다.

―인기 수직 상승 중인 '너와 나, 우리의 야구'를 이끄는 주역 삼인방을 만나다.

―내년 시즌 메이저리그 구단 전력 전격 분석.

'Read the baseball'에서 준비한 이번 호 특집기사들이었다. 그리고 이 두 가지 특집기사들은 이용운에게 꼭 필요한 기사들이었다.

우선 '너와 나, 우리의 야구'에 출연 중인 삼인방의 인터뷰가 필요한 이유는 박건이 머잖아 출연을 앞두고 있었기 때문이었다.

방송의 기본은 분석.

'너와 나, 우리의 야구'가 마련한 특집방송에 박건이 출연했을 때, 화려한 입담을 뽐내게 만들기 위해서는 채선경 아나운서와 두 명의 해설위원에 대한 정보와 분석이 꼭 필요했다.

또, 내년 시즌 메이저리그 구단들의 전력 분석 역시 박건의 메이저리그 진출을 위해서 꼭 필요했다.

메이저리그 진출이 가시화되면 에이전트가 역할을 하겠지만, 중요한 결정은 박건이 내려야 했다.

그 순간을 위해서는 최신 메이저리그 트렌드는 물론이고, 메이저리그 구단들의 현재 전력 상태도 꼭 알아야 했다.

'내가 이렇게 열심히라는 걸 알기나 할까?'

드르렁. 드르렁.

만취해서 코를 골며 잠들어 있는 박건을 확인한 이용운이 한숨을 내쉬었다.

일단 박건에게 부탁해서 'Read the baseball' 이번 호를 구입하기는 했다. 그렇지만 잡지를 구입해도 볼 수가 없었다.

이용운은 물리력을 행사할 수 없는 귀신.

책장을 넘기는 것이 불가능했기 때문이었다.

'깨워야 하나?'

즉 박건의 도움 없이는 잡지에 실린 기사를 읽는 것이 불가능한 상황.

코를 골면서 곤히 잠든 박건을 바라보며 이용운이 고민했다.

'빨리 보고 싶은데.'

이용운이 결국 한숨을 내쉬었다.

귀신이 되고 난 후, 가장 불편한 점은 크게 두 가지였다.

하나는 잠을 잘 필요가 없어졌다는 점이었고, 나머지 하나는 물리력을 전혀 행사할 수 없다는 점이었다.

"사람 마음이란 게 참 간사해."

혼잣말을 꺼냈던 이용운이 이내 쓰디쓴 미소를 머금었다.

"더 이상 사람이 아니구나."

조금 전 자신이 꺼냈던 혼잣말이 틀렸다는 사실을 뒤늦게 알아챘기 때문이었다.

어쨌든 생전에 해설위원으로 막 일을 시작했을 때는 밤에 잠을 자지 않아도 되면 좋겠다는 생각을 했던 적도 있었다.

공부하고 배워야 할 것들이 너무 많아서였다.

그렇지만 정작 죽고 나서 잠을 잘 필요가 없어지고 나자, 아주 죽을 맛이었다.

밤새워 TV를 보는 것도 하루 이틀이었다.

재방송을 계속 반복해서 보다 보니 금세 지겨워졌다.

오죽하면 광고의 순서까지 다 외우게 됐을까.

늘어나 버린 시간이 고역으로 바뀌었다.

그래서 책이라도 읽어야겠다고 생각했는데 이번에는 물리력을 행사할 수 없다는 것이 발목을 잡았다.

"그냥 TV 보면 안 됩니까?"

이용운의 성화를 이기지 못하고 책장을 대신 넘겨주던 박건은 함께 책을 읽지 않았다.

운동을 하느라 일찌감치 공부와는 높은 담을 쌓아버린 박건은 책장을 넘겨주며 연신 하품을 하기 바빴다.

그리고 지루함과 번거로움을 참지 못한 박건이 꺼냈던 불평이었다.

'하긴 수준이 너무 높긴 했지.'

만화책 외에는 책을 거의 읽지 않았던 박건이 자신과 함께 읽기에는 인문학 서적의 수준이 너무 높았다.

"그냥 저 녀석이 깰 때까지 기다려야겠군."

곤히 잠든 박건을 깨우는 것이 미안했다.

그리고 설령 박건을 깨운다고 해도 순순히 책장을 넘겨주지 않을 확률이 높았다.

'잠 좀 자자고 지랄하겠지.'

거기까지 생각이 미친 이용운이 TV로 시선을 돌렸다. 그렇지만 이내 흥미를 잃어버린 이용운이 다시 'Read the baseball'을 바라보았다.

"한번 시도나 해볼까?"

귀신은 물리력을 행사할 수 없다는 것.

이제는 제목조차 기억나지 않는 책에서 본 내용이었다.

예전에는 그 책에 적혀 있었던 내용을 의심하지 않았다.

그런데 죽고 난 이후엔 달랐다.

'지가 어떻게 알아?'

그 책의 저자는 산 사람이었다.

산 사람이 귀신에 대해 알면 얼마나 알까.

이런 의심이 들어서 이미 한차례 책장 넘기기를 시도했던 적이 있었다.

하지만 당시에는 책장을 넘기는 데 실패했다.

'그때와 지금은 또 다를 수도 있으니까.'

당시의 이용운은 초보 귀신이었다.

그렇지만 지금은 중급 귀신 정도는 됐다.

그러니 결과가 달라질 수도 있다는 생각이 든 것이었다.

스윽.

생전의 습관 때문일까.

이용운이 책장을 넘기기 위해서 손을 뻗었다.

그렇지만 이용운이 뻗은 손은 잡지책을 만지지 못하고 그대로 통과했다.

'역시 이런 방식으로는 안 돼.'

이용운이 이내 방식을 바꾸었다.

'염력!'

예전에 좋은 해설위원이 되기 위해서 심리학에 대해서 공부를 한 적이 있었고, 그 과정에서 초능력에 대해서도 공부했었다.

그중 인상적이었던 것은 염력이었다.

손이나 발을 사용하지 않고 강한 의념으로 사물을 옮길 수 있는 초능력이 바로 염력.

'나도 염력을 사용할 수 있지 않을까?'

염력을 사용하기 위해서는 강한 정신력과 의지가 필요했다. 그리고 이용운은 원래 정신력과 의지가 강한 편이었다.

'넘어가라. 넘어가라.'

그래서 이용운이 'Read the baseball'을 노려보며 잔뜩 집중했다.

그렇게 얼마나 시간이 지났을까.

바르르.

한동안 꿈쩍도 하지 않던 책장이 떨리기 시작했다.

'된다!'

그 작은 변화를 놓치지 않은 이용운이 치미는 희열을 누르기 위해 애쓰면서 더욱 집중하기 위해 노력했다.

스윽.

바르르 떨리던 책장이 조금씩 들어 올려지기 시작했다.

'넘어가라.'

팔랑.

그리고 마침내 책장이 넘어간 순간, 이용운이 쾌재를 불렀다.

"되네."

귀신은 물리력을 행사할 수 없다는 책에 적힌 내용이 틀렸다는 것을 알아챈 이용운의 표정이 밝아졌다가 이내 다시 어두워졌다.

"15페이지?"

간신히 첫 장을 넘긴 순간, 목차가 보였다.

그리고 목차에는 '너와 나, 우리의 야구'의 출연진 인터뷰가 15페이지에 실려 있다고 적혀 있었다.

그 목차를 확인한 이용운이 결국 한숨을 내쉬었다.

"열다섯 장을 언제 다 넘기지?"

*　　　　*　　　　*

이용운이 책 한 장을 넘기기 위해서 사용한 시간.

대략 20분이었다.

'그런데 앞으로 열다섯 장을 더 넘기려면?'

머릿속으로 바쁘게 계산하던 이용운의 표정이 어두워졌다.

단순 계산으로도 300분, 약 다섯 시간가량이 걸린다는 결과가 도출됐기 때문이었다.

"날 새겠네."

다섯 시간이 흐르기 전에 박건이 잠을 깰 터.

'차라리 박건이 잠에서 깨기를 기다렸다가 15페이지로 넘겨달라고 부탁하는 편이 낫지 않을까?'

이런 생각이 퍼뜩 깃들었다.

그렇지만 이용운은 이내 생각을 바꾸었다.

"시작이 반이라고 했으니까."

물리력을 행사해서 책장을 넘긴 것.

이번이 첫 시도였다. 그리고 무엇이든 처음이 가장 어려운 법이었다.

앞으로 익숙해지면 책장을 넘기는 데 걸리는 시간이 점점 줄어들 가능성은 충분했다.

그렇게 생각한 이용운이 다시 정신을 집중하기 시작했다.

팔랑.

또 한 장의 책장이 넘어간 순간, 이용운이 시계를 살폈다.

"10분."

여전히 많은 시간이 걸렸다.

그렇지만 첫 장을 넘길 때 20분이 걸렸다는 점을 감안하면, 두 번째 책장을 넘길 땐 시간이 무려 10분이나 단축된 셈이었다.

팔랑. 팔랑.

한 장씩 더 책장이 넘어갈 때마다 이용운이 계속 시간을 체크했다.

'8분, 7분, 그리고 5분.'

요령이 늘어서일까.

아까 이용운이 했던 예상처럼 점점 시간이 줄어들고 있었다.

'더 빨리도 가능하지 않을까?'

이용운이 기대를 품은 채 집중력을 최고조로 끌어 올렸다.

스윽.

한층 속도가 빨라졌다는 사실을 깨닫고 이용운의 표정이 밝아졌을 때였다.

기이이잉.

이명이 귓가로 파고들었다.

그와 동시에 음침한 기운이 조여드는 느낌을 받았다.

'이건 뭐지?'

귀신이 된 후 처음 겪어보는 현상.

그로 인해 당황한 이용운의 집중력이 흐트러지자, 1/3쯤 들어 올려졌던 책장이 다시 내려갔다.

"분명히 길 잃은 망혼의 기운이 느껴졌는데."

뒤이어 울림이 강한 음침한 목소리가 들려왔다.

엄청나게 강한 기운이 접근하고 있다는 사실을 알아챈 이용운의 머릿속이 하얗게 변했다.

'저승사자.'

직접 본 것은 아니었다. 그렇지만 분명히 저승사자라는 확신이 들었다.

그리고 저승사자에게 들키는 순간, 끝장이라는 생각도 들었다.

"내가 길을 인도해 주겠다. 망혼은 숨지 말고 모습을 드러내라."

여전히 울림이 강한 음침한 목소리가 흘러나온 순간, 이용운이 움직임을 멈추었다.

'내가 대가리에 총 맞았냐?'

저승사자가 시키는 대로 지금 모습을 드러낸다면?

더 이상 이승에 머무는 것은 불가능할 것이었다.

저승으로 끌려가게 될 터.

그건 이용운이 바라는 것이 아니었다.

'아직 할 일이 많이 남았어.'

이용운은 아직 이승에서 해야 할 일이 많이 남아 있었다.

'들키면 어쩌지?'

그래서 잔뜩 긴장하고 있을 때였다.

지척까지 접근했던 저승사자의 강한 기운이 서서히 옅어졌다.

'날 못 찾았다.'

비로소 안도의 한숨을 내쉰 이용운이 작게 혼잣말을 꺼냈다.

"지루할 틈이 전혀 없는 버라이어티 한 밤이구나."

제6장

　무척 오래간만에 말 그대로 지루할 틈이 없는 밤을 보낸 이용운이 생각을 정리하기 시작했다.

　"물리력을 행사할 수 있다는 것을 확인했어."

　귀신은 물리력을 행사할 수 없다는 일반적인 통념이 잘못된 통념이라는 것을 이용운은 간밤에 확인했다.

　정신을 집중하면 물리력을 행사할 수 있다는 사실을 깨달은 순간, 이용운은 희열을 느꼈다.

　앞으로 물리력을 행사할 수 있다면 아주 많은 부분이 달라질 것이기 때문이었다.

　"뭘 더 할 수 있을까?"

　현재 시도해 본 것은 책장을 넘기는 것이 다였다.

　잡지책 한 장을 넘기는 데 최소 5분이 넘는 시간이 걸릴 만큼,

이용운이 행사할 수 있는 물리력은 무척 약했다.

그렇지만 책장을 한 장 넘기는 데 걸린 시간이 처음 20분에서 5분까지 줄어들었다는 것은 더 강한 물리력을 행사하는 것도 가능하다는 증거였다.

"리모컨 채널을 바꾸는 것도 가능하지 않을까?"

이용운의 시선이 리모컨에게 고정됐다.

리모컨 채널 버튼을 눌러서 TV 채널을 바꾸는 것 정도는 가능할 것이란 생각이 들었기 때문이었다.

'시도해 보자.'

이용운이 정신을 집중하기 시작했다.

그렇지만 그는 결국 리모컨 채널 버튼을 눌러서 TV 채널을 바꾸는 데 실패했다.

리모컨 채널 버튼을 누르기 위해서 정신을 집중한 순간, 아까 느꼈던 음침하면서도 강한 기운이 다시 접근하는 것이 느껴졌기 때문이었다.

저승사자의 존재를 알아챈 이용운이 물리력을 행사하려는 시도를 포기한 순간, 음침하고 강한 기운이 흔적도 없이 사라졌다.

"저승사자."

저승사자의 존재를 새삼 깨달은 순간, 이용운이 한숨을 내쉬었다.

새로운 위협에 직면했기 때문이었다.

"물리력을 사용하게 되면 내 존재가 드러난다. 그리고 내 존재를 느낀 저승사자가 찾아온다."

나름대로 추리를 펼쳐 보던 이용운은 천천히 고개를 끄덕였다.

　"귀신이 물리력을 행사할 수 없는 게 아니었어. 물리력을 행사하면 저승사자가 찾아오기 때문에 물리력을 함부로 행사하지 못하는 것이었어."

　거기까지 생각이 미친 이용운이 답답한 표정을 지었다.

　"이러면 간밤의 노력이 헛수고가 된 셈이잖아."

　잠시 후, 이용운이 고개를 흔들었다.

　"날 못 찾았어."

　저승사자로 추정되는 존재는 이용운의 기운을 느끼고 근처까지 접근했다.

　그렇지만 이용운을 찾아내지는 못했다.

　그리고 이용운은 그 이유를 짐작할 수 있었다.

　"내가 사용한 물리력이 충분히 강하지 않아서야. 그렇다면…저승사자의 이목을 끌지 않으면서 일정 수준의 물리력을 행사하는 것은 가능해."

　이용운이 두 눈을 빛냈다.

　'저승사자의 이목을 끌지 않으면서 사용할 수 있는 물리력의 범위를 알아내는 것이 급선무야.'

　생각 정리를 마친 이용운이 박건을 향해 말했다.

　"잠든 척 그만하고 이제 일어나지?"

＊　　　　＊　　　　＊

'내가 잠든 척하는 건 또 어떻게 알았대?'

드르렁. 드르렁.

박건은 나름 최선을 다해서 코까지 골면서 자는 척 연기를 했다.

그렇지만 이용운을 속이기에는 역부족이었다.

"제가 깼다는 건 어떻게 아셨습니까?"

박건이 더 버티지 못하고 몸을 일으키며 물었다.

"봤다."

"뭘요?"

"눈 뜨고 잡지의 책장이 넘어가는 모습을 구경하던 것."

이용운에게서 대답이 돌아온 순간, 박건의 낯빛이 창백하게 질렸다.

"역시……."

"역시 뭐냐?"

"헛것을 본 게 아니었군요."

"그래서 무섭냐?"

"당연히 무섭죠. 그럼 안 무섭겠습니까?"

자다가 눈을 떠 봤더니 잡지의 책장이 저절로 넘어가고 있었다.

그걸 두 눈으로 보면서도 등골이 서늘하지 않다면 오히려 이상한 일이었다.

해서 박건이 대답하자마자, 이용운이 혀를 찼다.

"사내자식이 고작 그깟 일로 겁을 먹어?"

"고작 그깟 일요?"

"나랑 얘기하는 건 안 무섭냐?"

"선배님과 얘기하는 건……."

안 무섭다고 대답하려던 박건이 도중에 입을 다물었다.

이용운과 함께한 시간이 길어져서일까.

그와 대화를 나누는 것은 전혀 무섭지 않았다.

친한 선배와 상담이나 만담을 하고 있다는 느낌이었기 때문이다.

오히려 그와 대화를 나누지 않을 때는 허전하단 생각까지 들 정도였는데.

가만히 생각해 보니 당연히 무서워해야 할 일이었다.

박건과 대화를 나누는 이용운은 망자였으니까.

'매일 호러물을 찍고 있는 셈이네.'

박건이 속으로 한숨을 내쉰 순간, 이용운이 핀잔을 건넸다.

"사내자식이 이렇게 소심하고 겁이 많아서야."

'입장 바꿔 생각해 보십시오.'

억울한 마음이 든 박건이 속으로 소리쳤을 때였다.

"내가 더 놀라운 사실을 알려줄까?"

이용운이 물었다.

"더 놀랄 일이 있긴 할까요?"

"아까 저승사자 왔다 갔다."

"……."

"어때? 놀랐지?"

'미치고 팔짝 뛰겠네.'

망자와의 대화, 저절로 넘어가는 책장으로 모자라 저승사자까지……

박건의 말문이 막혀 버린 순간, 이용운이 덧붙였다.

"날 만나고 난 후 인생이 판타스틱 할 정도로 재밌어지지 않았느냐?"

"…재밌는지는 모르겠지만 판타스틱 하긴 하네요."

박건이 대답한 순간, 이용운이 제안했다.

"잠 다 깼으면 나랑 쇼핑하러 가자."

* * *

자고로 쇼핑은 힘든 일이다.

눈에 넣어도 아프지 않을 정도로 사랑하는 여자 친구와 함께 쇼핑을 한다 해도 피곤한 법이었으니까.

그런데 귀신인 이용운과 하는 쇼핑이 대체 무슨 재미가 있을까?

그래서 박건이 시큰둥한 표정으로 전자제품 전문 매장인 ○○ 마트로 찾아갔다.

"박건 선수, 맞으시죠?"

박건이 들어서자, 직원이 두 눈을 빛내며 다가왔다.

'날 알아본다?'

박건이 살짝 당황했다.

경기장과 숙소만 오가는 단조로운 생활을 이어갔기에, 외출은 무척 오래간만이었다.

그리고 누군가가 자신을 먼저 알아보는 것은 더 오래간만이었다.

"오, 인기 좀 늘었네."

이용운이 흐뭇한 목소리로 말했다.

"사진 한 장 같이 찍어도 될까요?"

그러나 직원의 부탁을 들은 박건이 바로 대답하지 못하고 망설였다.

술을 마신 데다가 간밤에 잠까지 설친 터라 얼굴 상태가 영 아니었기 때문이었다.

그래서 박건이 사진 촬영은 거절하기로 결심을 굳혔을 때였다.

"왜 대답이 없어?"

"그게……"

"고민할 게 뭐 있어? 무조건 찍어야지."

이용운이 무조건 사진 촬영에 응하라고 조언했다.

그럼에도 불구하고 박건이 난색을 표하고 있자, 이용운이 덧붙였다.

"요새 SNS가 얼마나 무서운지 몰라? 사진 촬영 거절하면 건방지다고 소문나는 것 한순간이다. 프로야구선수는 인기가 늘어날수록 이미지 관리가 중요해."

"그건 저도 알고 있습니다."

박건도 최근 SNS가 얼마나 무서운지 알고 있었다.

불과 얼마 전에도 삼산 치타스 소속 선수인 차민용이 팬의 사진 촬영 요청을 거절했다가 난리가 났었다.

당시 팬이 차민용에게 사진 촬영을 요구했던 시간은 자정이 넘은 새벽이었고, 장소는 술집이었다.

차민용 입장에서는 늦은 시간까지 술집에서 술을 마셨다는 사실이 알려지는 것이 부담스러워서 사진 촬영을 거절했을 것이었다.

그렇지만 그 팬이 차민용이 사진 촬영을 거부했을 뿐만 아니라, 그 과정에서 차민용이 본인의 휴대전화를 강하게 밀쳐서 바닥에 떨어뜨리는 바람에 액정이 깨졌다는 증거 사진까지 올리면서 상황은 최악으로 치달았다.

이후 차민용에게는 팬들을 기만하는 건방진 이미지가 생겼고, 팀이 하위권에 처져 있는 상황에다가 다음 날 경기가 있는데 새벽까지 술을 마셨다는 사실까지 알려지면서 그는 비난의 중심에 섰다.

차민용의 입장에서는 억울한 부분이 존재했지만, 되돌리는 것이 불가능할 정도로 상황은 최악으로 치달았다.

"그걸 알면서 왜 망설여?"

"제가 지금 몰골이 영 아니라서……."

박건이 대답하자, 이용운이 말했다.

"똑같다."

"뭐가요?"

"후배의 외모. 별반 차이 없다는 뜻이다."

"차이가 있는데……."

박건이 억울한 표정을 지었을 때, 이용운이 덧붙였다.

"메이저리그 진출하려면 빨리 찍어."

그 이야기를 들은 박건이 의아한 표정을 지었다.

팬과 사진 촬영을 하는 것과 메이저리그 진출 사이에 대체 어떤 연관성이 있는지 파악하기 어려워서였다.

"일단 찍어라. 이유는 찍고 나서 알려주마."

이용운의 재촉을 이기지 못하고 박건이 결국 사진 촬영에 응했다.

"같이 찍으시죠."

그 직원을 시작으로 약 열 명의 직원들과 차례로 사진 촬영을 마친 후, 박건이 이용운에게 물었다.

"이제 알려주시죠."

"메이저리그 구단들은 팬과의 소통을 중시하거든. 그런데 후배가 팬과의 사진 촬영을 거부하면서 팬들과 소통에 문제가 있다는 게 알려지면, 감점 요인이 된다."

"설마 그런 이유로……"

"설마가 아니다. 메이저리그 구단은 그런 부분을 무척 중요하게 생각하거든."

'메이저리그 진출이 정말 쉽지 않구나.'

속으로 생각하던 박건이 잠시 후 이용운에게 물었다.

"그런데 우린 뭘 사러 온 겁니까?"

이용운이 대답했다.

"리모컨."

*　　　　*　　　　*

"리모컨은 여기 모여 있습니다."

직원의 안내를 받은 박건이 여러 종류의 리모컨을 둘러보았다.

"리모컨 종류가 참 많네요. 그런데 멀쩡한 리모컨이 있는데 왜 리모컨을 새로 사려는 겁니까?"

말 그대로, 박건의 숙소에 있는 리모컨은 고장 나지 않고 멀쩡했다.

멀쩡한 리모컨을 두고 군이 왜 군이 새 리모컨을 구입하려는 건지 박건은 이해가 안 가는 것이었다.

"그건 후배 리모컨이니까. 내 전용 리모컨이 필요하다."

"……?"

"왜? 귀신은 전용 리모컨 가지면 안 돼?"

박건이 황당한 표정을 지었다.

귀신 전용 리모컨이라니.

말도 안 되는 소리라는 생각이 들었기 때문이었다.

그때, 이용운이 다시 입을 뗐다.

"나도 여가 생활을 즐길 권리가 있다."

'귀신과 여가 생활이라.'

전혀 어울리지 않는 조합이란 생각을 하던 박건이 한숨을 내쉬었을 때였다.

"잠 못 이루는 밤이 얼마나 긴지 후배가 아느냐?"

"잠 못 이루는 밤요?"

"거기에 비까지 추적추적 내리면 내가 얼마나 심란한지 후배가 알 리 없지. 내가 외롭고 심란할 거란 생각은 전혀 못 하고, 매일 코를 골며 잠만 잘 자는 무심한 성격이니까."

이용운이 서운한 기색으로 말하는 것을 들은 박건이 생각을 바꾸었다.

'그래. 하나 사주자. 별로 비싸지도 않은데.'

이용운이 원하는 것은 TV나 냉장고 같은 비싼 가전제품이 아니었다.

고작 리모컨 하나를 원하는 것이었다.

"어떤 전용 리모컨을 원하시는 겁니까?"

박건이 묻자, 이용운에게서 바로 대답이 돌아왔다.

"민감한 리모컨이 필요하다."

"그런 리모컨도 있습니까?"

"살짝만 건드려도 작동하는 리모컨 말이다."

"아."

비로소 말뜻을 이해한 박건이 직원에게 부탁했다.

"작은 힘으로 살짝만 눌러도 채널이나 음량이 바뀌는 민감한 리모컨을 몇 개 추천해 주세요."

"잠시만요."

직원이 각기 다른 종류의 리모컨을 몇 개 추천했다.

박건이 그 리모컨을 들고 이리저리 살피고 있을 때, 이용운이 지시했다.

"TV 앞으로 가서 리모컨 성능을 시험해 보자."

"리모컨 성능을 시험까지 해야 하는 겁니까?"

"시키면 그냥 시키는 대로 좀 해라."

박건이 더 버티지 못하고 TV 앞으로 다가갔다.

"이제 뭘 하면 됩니까?"

"채널을 돌려볼 거다."

"그게 뭐 어렵다고······."

박건이 손에 들고 있던 리모컨의 채널 버튼을 막 누르려고 했을 때였다.

"가만히 있어라."

"왜요? 방금 채널을 돌려보라고 했잖습니까?"

"후배가 아니라 내가 한다."

"네?"

"내가 채널을 바꿀 거라고."

박건이 벙찐 표정을 지었다.

'이 인간, 아니, 이 귀신 또 착각하네.'

이용운이 본인이 귀신이 아니라 인간이라고 착각한 거라고 판단한 박건이 한숨을 푹 내쉬었을 때였다.

"다른 걸로 바꿔."

이용운이 리모컨을 바꾸라고 지시했다.

엉겁결에 리모컨을 바꿔 쥐고 있을 때, 이용운이 다시 말했다.

"다른 걸로."

'진짜 채널이 바뀌는 건 아니겠지?'

TV를 유심히 살피며 박건이 리모컨을 차례로 교체해 볼 때였다.

"안 되는 건가?"

이용운이 맥 빠진 목소리로 말했다.

"되는 게 이상한 거죠."

이용운에게 판잔을 건넨 순간, 직원이 옆으로 다가왔다.

"여기서 뭐 하시는 겁니까?"

"리모컨 성능을 시험하고 있습니다. 그런데 성능이 별로인 것 같네요."

박건이 채널이 바뀌지 않는다고 성능에 대한 불만을 토로하자, 직원이 머리를 긁적이며 항변했다.

"당연한 겁니다."

"왜 당연한 겁니까?"

"건전지가 없거든요."

*   *   *

"건전지 확실히 넣었냐?"

숙소로 돌아오자마자, 이용운이 물었다.

"네, 힘이 넘치는 건전지로 넣었습니다."

박건이 대답한 후, 속으로 코웃음을 쳤다.

'건전지 넣어봐야 무슨 소용이 있겠어?'

그때였다.

TV 화면이 갑자기 바뀌었다.

뉴스를 방송하는 채널이 갑자기 음악방송으로 바뀐 것이었다.

"이거… 왜 이래?"

갑자기 채널이 바뀐 것을 확인한 박건이 당황한 기색을 드러냈다.

자신은 리모컨에 전혀 손을 대지 않았기 때문이었다.

"리모컨 성능 괜찮네."

'뭐래?'

이용운이 꺼낸 말을 들은 박건이 황당한 표정을 지었을 때였다.

"NBS 스포츠채널이 34번이었지?"

잠시 후 TV 화면이 NBS 스포츠채널로 바뀐 것을 확인한 박건이 두 눈을 치켜뜨며 물었다.

"이게 대체 어떻게 된 일입니까?"

이용운이 대답했다.

"어떻게 되긴 뭐가 어떻게 돼? 리모컨으로 채널 돌린 거지."

"그럼… 물리력을 행사하신 겁니까?"

"응."

"어떻게 그게 가능하죠?"

"세상에 안 되는 게 어딨어?"

"하지만……."

"직접 봤으면서도 못 믿냐?"

박건의 말문이 막혔다.

방금 이용운이 리모컨에 물리력을 행사해서 TV 채널을 바꾸는 것을 직접 목격한 상황이었다.

그리고 이게 처음이 아니었다.

일전에 우승 축하연을 마치고 만취해서 잠을 자다가 갈증 때문에 깼을 때, 잡지책의 책장이 저절로 넘어가는 걸 본 적이 있었다.

다만 그 사실을 인정하고 싶지 않아서 일부러 기억에서 지우려 했던 것이었다.

'책장을 넘기는데 리모컨 채널도 바꿀 수 있는 거지.'

그런데 이제는 인정하지 않을 수 없었다.

'하긴 세상에 안 되는 게 어딨어?'

박건은 평소 귀신의 존재를 믿지 않았다.

귀신 따윈 세상에 존재하지 않는다.

이런 확신을 갖고 그동안 살아왔는데, 지금은 귀신의 존재를 믿게 됐다.

어디 그뿐인가.

귀신과 시도 때도 없이 대화를 나누는 사이였다.

그러니 귀신인 이용운이 물리력을 행사할 수 있다는 것도 아주 불가능한 일은 아니란 생각이 들었다.

'물리력을 행사하는 독설가 귀신이라.'

점점 더 성장하고 있는 이용운에게 박건이 내심 감탄하며 물었다.

"물리력을 행사할 수 있게 된 걸로 뭘 하실 겁니까?"

이용운이 대답했다.

"여가 생활을 즐겨야지."

*　　　　*　　　　*

TBS 방송국.

특집방송 녹화를 앞두고 대기실에서 대본을 살피던 박건이 입을 뗐다.

"방송이 짜고 치는 고스톱이란 말이 사실이네요."

'너와 나, 우리의 야구'의 아나운서인 채선경과 두 해설위원이 던질 예상 질문과 답안이 대본에 모두 적혀 있었기 때문이었다.

"그거 볼 필요 없다."

그때, 이용운이 말했다.

"왜 볼 필요가 없다는 겁니까?"

"녹화를 난장판으로 만들 거거든."

"……?"

"짜고 치는 고스톱이 안 되도록 만들 계획이란 뜻이다."

이용운이 덧붙인 이야기를 들은 박건의 표정이 굳어졌다.

'또 무슨 짓을 하려는 거야?'

이런 불안감이 깃들었을 때, 노크 소리가 들렸다.

"녹화 시작합니다. 절 따라오시면 됩니다."

스태프를 따라서 대기실을 빠져나온 박건이 '너와 나, 우리의 야구'의 녹화가 진행되는 스튜디오에 도착했다.

TV 화면으로 많이 보았던 덕분에 낯익게 느껴지는 스튜디오를 두리번거리며 살피고 있을 때, 채선경 아나운서가 박건에게 다가왔다.

"안녕하세요."

그녀가 먼저 인사를 건넨 순간, 박건이 대답했다.

"팬입니다."

그 대답을 들은 이용운이 타박했다.

"참 없어 보인다."

'팬이라서 팬이라고 한 건데 왜 이래?'

박건이 억울한 표정을 지었을 때, 이용운이 쏘아붙였다.

"넌 밀당도 모르냐?"

＊　　　　＊　　　　＊

"이번 코너는 '너와 나, 우리의 야구'에서 마련한 특집방송인 가을야구 진출 팀의 주축 선수들을 만나서 직접 대화를 나눠 보는 '키플레이어' 코너입니다. 벌써 저희가 준비한 특집방송의 마지막 순서네요. 오늘은 정규시즌 우승팀인 청우 로열스의 키플레이어로 선정된 박건 선수를 모셨습니다. 박건 선수를 스튜디오로 모셔서 이야기를 나눠보기 전에 두 분 해설위원님께 질문부터 드리겠습니다. 박건 선수의 올 시즌 활약상, 예상하셨습니까?"

채선경의 질문을 받은 두 해설위원이 난감한 기색을 드러냈다.

"저는 예상 못 했습니다."

김문식 해설위원이 먼저 예상하지 못했다고 대답했고, 최태룡 해설위원도 뒤이어 이실직고했다.

"솔직히 말씀드리면 올 시즌 개막 전까지 박건 선수의 존재도 몰랐습니다."

"그만큼 박건 선수의 올 시즌 활약상이 예상 밖이라는 뜻이로군요."

채선경 아나운서와 두 해설위원이 대화를 나누고 있었지만, 박건의 귀에는 전혀 들리지 않았다.

"긴장되냐?"

이용운의 질문을 받은 박건이 힘껏 고개를 끄덕였다.

"엄청 긴장됩니다. 정규시즌 우승이 걸려 있었던 정규시즌 최종전 마지막 타석에 들어섰을 때보다 더 긴장되는 것 같습니다."

박건이 솔직하게 대답하자, 이용운이 조언했다.

"긴장할 것 없다. 이건 좋은 기회이니까."

"무슨 기회요?"

"전국구 스타가 될 수 있는 기회."

'너와 나, 우리의 야구'는 인기가 높은 프로그램.

만약 박건이 프로그램에 출연해서 빼어난 입담을 뽐낸다면, 전국구 스타가 될 수 있는 가능성은 충분했다.

그렇지만 기회와 위기는 항상 상존하는 법이었다.

그 사실을 잘 알고 있는 박건이 말했다.

"전국구 망신을 당할 수도 있죠."

"내가 있잖아. 내가 시키는 대로만 말하면 전국구 스타가 될 수 있다."

"그래서 더 걱정입니다."

"응?"

"이상한 말씀을 하실까 봐 벌써 걱정이 되거든요."

박건이 말했을 때, 이용운이 물었다.

"채선경 아나운서의 표정이 어둡지 않느냐?"

그제야 박건이 채선경 아나운서를 살폈다.

이용운의 말처럼 채선경 아나운서의 표정이 평소에 비해 조금 어둡게 느껴졌다.

"채선경 아나운서도 느낌이 왔나 보네요."

"무슨 느낌이 왔단 거냐?"

"오늘 방송이 쉽지 않을 거란 직감적인 직감요."

박건이 대답하자, 이용운이 반박했다.

"그런 이유가 아니다."

"그럼요?"

"기껏 '키플레이어'라는 특집방송을 준비했는데 시청률과 화제성이 기대했던 것보다 훨씬 낮기 때문에 표정이 어두운 것이다. 못 믿겠으면 스태프들을 봐라. 스태프들의 표정도 어둡지 않으냐?"

이용운의 말처럼 방송 녹화를 위해서 모여 있는 스태프들의 표정도 밝지 않다는 것을 박건이 확인했을 때였다.

"짜고 치는 고스톱처럼 재미없게 방송을 했으니까 화제가 될리가 없지. 그러니 자연히 시청률도 하락한 것이고. 이건 피디가 무능한 거야."

'독설은 여전히 살아 있네.'

느닷없이 '너와 나, 우리의 야구'의 담당 피디에게 독설을 날리는 이용운을 확인한 박건이 속으로 혀를 내두르고 있을 때였다.

"채선경 아나운서에게 잃어버린 웃음을 되찾아줘야겠다."

이용운이 녹화를 앞두고 출사표를 던졌다.

"어떻게요?"

"방송이 화제가 되게 만들어줘야지."

이용운이 덧붙였다.

"시청률 보증수표답게 말이다."

*   *   *

"아까 예고드렸던 대로 스튜디오에 청우 로열스의 키플레이어로 선정된 박건 선수를 모셨습니다. 많이 긴장하고 계신 것 같으니까 우선 가벼운 질문부터 드리겠습니다. 솔직히 대답해 주세요. 평소에 '너와 나, 우리의 야구' 즐겨 보시나요?"

채선경 아나운서가 예고한 대로 가벼운 질문을 던졌다.

그리고 박건이 미리 확인했던 대본에도 그와 같은 질문이 있었다.

—빼놓지 않고 꼭 챙겨보는 프로그램입니다.

대본에 적혀 있었던 대답이었다.

그렇지만 박건은 대본에 적힌 것과는 다른 대답을 꺼내기 시작했다.

"원래는 '아이 라이크 베이스볼'이라는 프로그램을 즐겨 봤습니다."

동 시간대에 타 방송사에서 방영되는 경쟁 프로그램을 입에 올렸기 때문일까.

아니면, 미리 준비했던 대본에 적힌 것과는 다른 대답을 꺼냈기 때문일까.

채선경 아나운서의 표정이 살짝 굳어지는 것이 보였다.

그렇지만 박건은 아랑곳하지 않고 대답을 이어나갔다.

"그렇지만 지금은 '너와 나, 우리의 야구'로 갈아탔습니다."

"솔직한 대답이시네요. 그럼 저희 프로그램으로 갈아타신 이유를 여쭤봐도 될까요?"

'진행 잘하네.'

금세 굳어져 있던 표정을 풀고 능숙하게 녹화를 이어나가는 채선경 아나운서의 진행 능력에 내심 감탄하며 박건이 입을 뗐다.

"두 가지 이유 때문입니다. 우선 제가 채선경 아나운서님의 팬입니다."

"영광입니다. 사실 저도 박건 선수의 팬이랍니다."

"저야말로 영광입니다."

박건이 함박웃음을 지은 채 영광이라고 대답한 순간, 이용운이 못마땅한 목소리로 쏘아붙였다.

"잘들 논다. 여기가 팬 미팅장이냐?"

"……."

"잘하면 열애설 날 기세구나."

'제 입장에서는 나쁘지 않죠.'

박건이 속으로 생각하며 다시 입을 뗐다.

"솔직히 말씀드리면 제가 올 시즌에 좋은 활약을 펼친 데는 채선경 아나운서님의 역할도 있었습니다."

"제가요?"

"성덕이 되기 위해서 야구를 더 열심히 했거든요."

'성덕이 뭐야?'

이용운이 시키는 대로 말하던 박건이 고개를 갸웃했을 때였다.

"후배는 성덕이 뭔지도 모르지? 성덕은 성공한 덕후의 줄임말이다."

'아, 성덕이 성공한 덕후의 줄임말이구나.'

이용운의 설명 덕분에 비로소 성덕의 의미를 알게 된 박건이 감탄했다.

박건에 비해서 이용운은 한참 나이가 많았다.

그럼에도 불구하고 이용운은 요새 어린 친구들 사이에서 유행하는 말들을 박건보다 훨씬 잘 알고 자주 사용했기 때문이었다.

그런 박건의 속내를 읽었을까.

이용운이 대수롭지 않다는 듯이 말했다.

"밤에 잠 안 자고 케이블 TV만 줄창 본 덕분이다. 됐고. 빨리 내 말이나 옮겨라. 분위기 어색해지기 전에."

박건이 시키는 대로 다시 입을 뗐다.

"이렇게 '너와 나, 우리의 야구'에서 준비한 특집방송에 출연해서 채선경 아나운서님을 직접 만나게 됐으니까 성덕, 그러니까 성공한 덕후가 된 셈이네요. 지금까지 열심히 야구한 보람이 있네요."

채선경 아나운서가 싫지 않은 기색으로 대화가 이어지도록 유도했다.

"아까 두 가지 이유가 있다고 말씀하셨죠? 그럼 나머지 하나의 이유는 무엇인가요?"

"제가 가장 좋아하는 해설위원이 바뀌었거든요."

"어떤 해설위원을 가장 좋아하셨는데요?"

박건이 대답했다.

"…이용운 해설위원님을 가장 좋아했습니다."

*   *   *

'아, 돌겠네.'

박건이 한숨을 내쉬었다.

녹화 전에 이런 상황을 어느 정도 예상했다.

그래서 각오도 했지만, 이건 너무 심하단 생각이 들었다.

'이래서 방송 출연을 하자고 했구나.'

박건이 속으로 생각할 때, 이용운이 뻔뻔하게 말했다.

"역시 날 가장 좋아했구나."

'확 실언이라고 말해 버려?'

박건이 고민하고 있을 때, 채선경 아나운서가 말을 받았다.

"박건 선수와 저는 통하는 면이 많네요."

"네?"

"저도 이용운 해설위원님의 해설을 무척 좋아했거든요."

채선경의 말이 끝나자마자, 이용운이 반색했다.

"내가 전에 채선경 아나운서가 내 팬이라고 그랬잖아."

반면 박건의 표정은 굳어졌다.

'취향 특이하네.'

'해설계의 독설가'로 명성을 날렸던 이용운의 해설을 좋아했다는 채선경 아나운서의 취향은 독특했다.

그래서 채선경 아나운서에 대한 호감도가 막 떨어지려고 했을 때였다.

"고인이 되신 이용운 해설위원님이 생전에 선수들의 실책성 플레이, 코칭스태프들의 판단 미스, 그리고 KBO 리그의 문제점에 대해 쓴소리를 자주 하셨긴 했지만, 그 쓴소리에는 애정이 담겨 있다는 것을 느낄 수 있었거든요. 직접 몇 번 만난 적도 있기 때문에 이용운 해설위원님의 야구에 대한 열정과 애정이 얼마나 대단했는지 저도 알고 있습니다. 이 기회를 빌어서 다시 한번 고인의 명복을 빌겠습니다."

채선경 아나운서가 덧붙인 말을 들은 박건의 생각이 바뀌었다.

'마음이 참 곱네.'

이용운과의 추억을 떠올리며 눈가가 촉촉해진 채선경 아나운서를 확인한 박건의 호감도가 오히려 상승했다.

"캬. 최고의 아나운서다. 최고의 아나운서야."

그리고 채선경에게서 칭찬을 들은 이용운도 상기된 목소리로 그녀를 칭찬했다.

"자, 그럼 본격적으로 박건 선수에게 질문을 드리겠습니다. 청우 로열스가 전문가들과 팬들의 예상을 깨고 정규시즌 우승을 차지하면서 한국시리즈에 선착했습니다. 한국시리즈 우승까지 차지해서 통합 우승을 차지할 자신이 있습니까?"

박건이 대답했다.

"물론 자신 있습니다."

제7장

'이래도 되나?'

일단 한국시리즈 우승까지 차지해서 통합 우승을 할 자신이 있다는 대답을 꺼내고 난 후, 박건이 뒤늦게 걱정했다.

'통합 우승을 차지하는 것이 쉽지는 않겠지만 최선을 다하겠다고 대답하는 게 모범 답안이 아닌가?'

실제 박건이 확인했던 대본에도 비슷한 대답이 적혀 있었다.

'너무 건방져 보일 것 같은데.'

이런 우려가 든 박건이 한참을 망설이다가 다시 입을 열었다.

"잠깐만 녹화를 멈춰도 될까요?"

"왜요? 불편한 점이라도 있으세요?"

"너무 긴장했더니 화장실이 급해서요."

화장실을 핑계로 녹화를 중단한 박건이 서둘러 걸음을 옮겼다.

"에이, 한창 흥이 오르던 참이었는데. 내가 그랬잖아? 녹화 시작하기 전에 미리 화장실 다녀오라고."

이용운이 타박한 순간, 박건이 대답했다.

"화장실이 급한 것 아닙니다."

"그럼 왜 녹화를 중단했어?"

"선배님 때문입니다."

박건의 대답을 들은 이용운이 입을 뗐다.

"난 귀신이라 화장실 안 가도 돼."

"저도 압니다."

"그런데?"

"본격적으로 녹화 들어가기 전에 얘기 좀 하시죠."

일단 화장실로 들어간 박건이 아무도 없다는 것을 확인한 후 입을 열었다.

"아무리 생각해도 이건 좀 아닌 것 같습니다."

"뭐가?"

"제 이미지도 좀 생각해 주십시오. 아까처럼 대답하면 너무 건방진 이미지가 생길 것 같습니다."

박건이 항의했지만, 이용운은 여전히 당당하게 대꾸했다.

"봉황에게는 참새가 모르는 깊은 뜻이 있다."

'또 봉황과 참새 타령.'

이용운이 지긋지긋한 봉황과 참새 타령을 시작한 순간, 박건이 한숨을 푹 내쉬었다.

오죽하면 본 적도 없는 봉황이 꿈에 나올 지경일까.

"대체 봉황의 깊은 뜻이 뭡니까?"

"청우 로열스의 한국시리즈 우승을 위한 포석을 깔고 있지."

'이제 아주 막 내뱉네.'

박건의 한숨이 깊어졌다.

아무리 생각해 봐도 오늘 박건이 '너와 나, 우리의 야구'에 출연한 것과 청우 로열스의 한국시리즈 우승 사이의 연관점은 없었다.

'진짜 청우 로열스의 한국시리즈 우승을 위해서라면 '너와 나, 우리의 야구'에 출연하는 게 아니라 훈련을 좀 더 했어야지.'

박건이 속으로 생각하며 입을 뗐다.

"거짓말이시죠?"

"왜 거짓말이라고 생각하는 거냐?"

"봉황의 시커먼 속내가 다 보이거든요."

"……?"

"예전처럼 방송에 출연해서 독설을 날리는 것이 선배님의 진짜 목적이지 않습니까?"

박건이 따지듯 추궁하자, 이용운이 대답했다.

"다시 방송에 출연하니 좋긴 하더구나. 그렇지만 아까 내가 한 말은 거짓이 아니다."

"그럼 진짜 청우 로열스의 한국시리즈 우승을 위한 포석을 깔기 위해서 방송에 출연했단 뜻입니까?"

"그렇다니까."

"어떻게요?"

"한국시리즈를 앞둔 청우 로열스가 준비하고 있는 전략을 노출할 것이다."

"전략…요?"

'무슨 전략?'

박건이 고개를 갸웃했다.

정작 청우 로열스 선수인 박건의 입장에서도 금시초문이었기 때문이었다.

"잘 이해가 안 가지?"

"네."

"그럼 잠자코 시키는 대로 해라. 녹화가 끝나고 나면, 내가 한 말이 무슨 뜻인지 알 수 있을 테니까."

'대체 무슨 꿍꿍인지 모르겠네.'

박건이 아무리 고민해 봐도 이용운의 의중을 읽기 어려웠다. 그리고 스튜디오에는 채선경 아나운서를 포함해 수십 명의 스태프들이 박건이 빨리 돌아오길 기다리고 있는 상황.

오래 고민할 시간도 없었다.

"일단… 믿겠습니다."

"좀 믿고 살자."

'평소에 믿을 만하게 행동했어야 믿지.'

박건이 속으로 생각하며 다시 스튜디오로 돌아왔다.

"죄송합니다."

박건의 사과와 함께 다시 녹화가 재개됐다.

"정규시즌 우승은 물론이고 한국시리즈 우승까지 차지할 자신이 있다? 박건 선수, 자신감이 대단하시네요."

"근거 없는 자신감이 아닙니다."

"그럼 박건 선수가 표출하고 계신 자신감의 근거가 무엇인지 알 수 있을까요?"

"비밀 병기입니다."

"비밀… 병기요?"

"한국시리즈 우승을 위해서 저희 팀이 준비한 비밀 병기가 존재하거든요."

박건이 대답을 마친 순간, 채선경 아나운서가 두 눈을 빛냈다.

애초에 준비했던 대본과는 전혀 다른 방향으로 흘러가는 인터뷰 중에 특종의 냄새를 맡았기 때문이었다.

반면 정작 비밀 병기라는 단어를 입 밖으로 내뱉었던 장본인인 박건은 크게 당황했다.

'비밀 병기가 대체 뭐지?'

타성이란 무서운 것이었다.

"좀 믿고 살자."

아까 화장실에서 이용운이 했던 말대로 박건은 그를 믿기로 했다.

그러다 보니 큰 고민 없이 그의 말을 옮겼었다.

그러다 보니 비밀 병기라는 단어도 별 생각 없이 꺼냈던 것이었다.

박건이 당황하며 주위를 살폈다.

수십 명의 스태프들의 시선과 여러 대의 카메라들이 자신에게 집중되어 있는 것을 발견한 박건이 침을 꿀꺽 삼켰다.

"대체 비밀 병기가 뭡니까?"

"진짜 비밀 병기가 있긴 한 겁니까?"

"그냥 막 던진 것 아닙니까?"

이용운에게 던지고 싶은 질문들이었다.

평소였다면 이미 진즉에 이런 질문들을 던졌을 것이었다.

그렇지만 스태프들의 시선과 카메라들이 자신을 향해 있었기에 이용운에게 질문을 던질 수가 없었다.

'화장실을 한 번 더 가고 싶다고 해야 하나?'

해서 박건이 고민하고 있을 때, 이용운이 말했다.

"후배가 비밀 병기다."

"저요?"

비밀 병기의 존재를 마침내 알게 된 박건이 크게 당황했다.

그래서 부지불식간에 입 밖으로 '저요?'라는 질문을 꺼냈다.

'아차!'

뒤늦게 자신의 실수를 깨달은 박건이 당황했을 때였다.

"방금 '저요'라고 말씀하셨죠?"

박건에게 집중하고 있던 채선경 아나운서는 그 말을 놓치지 않았다.

"그게……."

박건이 더욱 당황한 순간, 채선경 아나운서가 다시 질문했다.

"그 말씀은 박건 선수가 비밀 병기라는 뜻이죠?"

'어쩌지?'

잠시 후 박건이 입을 열어 대답했다.

"네, 맞습니다. 제가 청우 로열스의 비밀 병기입니다."

*   *   *

'이걸 어떻게 수습하지?'

박건이 막막한 표정을 지었다.

일단 자신이 한국시리즈를 앞둔 청우 로열스의 비밀 병기라고 대답하긴 했다.

그렇지만 정작 그 말을 한 당사자인 박건도 자신이 왜 비밀 병기인지를 모르고 있는 상황이었다.

그래서 박건이 이 난감한 상황을 수습할 방법을 찾고 있을 때, 채선경 아나운서가 질문했다.

"좀 더 자세한 설명을 들을 수 있을까요?"

'최악이다.'

그 질문을 받고 박건이 더욱 당황했을 때, 이용운이 말했다.

"모른다고 해."

"……?"

"대충 둘러대라고."

박건이 혀를 내밀어 바싹 말라 버린 입술을 적신 후 입을 뗐다.

"제가 말씀드릴 수 있는 건 여기까지입니다."

"네?"

"말 그대로 비밀 병기이니까요."

이용운의 지시대로 박건이 대충 둘러댔을 때, 채선경 아나운서가 아쉬운 기색을 드러냈다.

"하긴 비밀 병기는 꽁꽁 감춰야 더 위력을 발휘하는 법이죠."

다행히 채선경 아나운서는 더 추궁하지 않았다.

대신 김문식 해설위원에게 마이크를 넘겼다.

"조금 전에 박건 선수가 한국시리즈를 앞두고 있는 청우 로열스의 비밀 병기는 본인이라고 밝혔던 것, 김문식 해선위원님도 들으셨죠? 어떻게 생각하세요? 혹시 짐작이 가는 것이 있으신가요?"

원래 준비했던 대본과는 전혀 다른 방향으로 녹화가 진행되고 있었다.

당연히 방금 채선경 아나운서가 김문식 해설위원에게 던진 질문도 원래 대본에는 없던 질문이었다.

그래서일까.

바로 대답하지 못하고 고민하던 김문식 해설위원이 한참 만에 입을 열었다.

"올 시즌 박건 선수의 활약은 저를 비롯해서 여러 전문가들의 예상을 한참 빗나가게 만들었을 정도로 무척 뛰어났습니다. 타격과 수비, 그리고 주루까지. 박건 선수는 여러 부분에서 좋은 활약을 펼쳤지만, 제가 가장 강한 인상을 받았던 것은 박건 선수가 마운드에 올랐을 때였습니다."

"아, 그 경기는 저도 기억하고 있습니다."

"채선경 아나운서뿐만 아니라, 많은 분들이 그 경기를 기억하고 있을 겁니다. 올 시즌 최고의 명경기라고 불러도 좋을 정도로 극적인 승부가 펼쳐졌던 경기였으니까요. 제 기억이 틀리지 않다면 아마 대승 윈더스와 청우 로열스, 두 팀의 정규시즌 마지막 대결이었을 겁니다. 청우 로열스의 승리로 끝날 것 같았던 경기는 마무리투수인 손태민이 9회에 동점을 허용하면서 연장으로 접어들었죠. 당시 청우 로열스는 불펜투수들을 모두 소모한 상황이었고, 그래서 무사만루의 절체절명의 위기가 찾아온 순간, 청우 로열스의 한창기 감독은 박건 선수를 마운드에 올렸습니다. 당시 경기 중계를 맡았던 저는 한창기 감독의 선택을 확인하고 깜짝 놀랐습니다. 솔직히 말씀드리면 한창기 감독이 그 경기를 포기했구나 하는 생각까지도 했습니다. 그런데 제 예상은 보기 좋게 빗나갔습니다. 박건 선수가 무사만루라는 절체절명의 위기를 무실점으로 막아냈으니까요. 그 결과보다 놀라운 건 박건 선수의 투구 내용이었습니다. 156㎞. 박건 선수가 그날 던졌던 직구 최고 구속이었습니다. 당시에 큰 화제가 됐었고, 저 역시 감탄해 마지않았습니다. 그리고 그 후로도 박건 선수가 투수로 경기에 계속 출전하지 않을까 하는 기대를 품었는데 그 경기가 마지막이었습니다. 그 경기 이후 박건 선수는 다시 투수로 출전하지 않았으니까요. 아마 저뿐 아니라 많은 야구팬들이 대체 왜 저렇게 좋은 공을 던지는 박건 선수가 투수로 출전하지 않을까? 이런 의문을 품었을 겁니다. 그런데 방금 박건 선수와 채선경 아나운서가 나누는 대화를 듣다 보니 그 의문이 풀리는 느낌입니다. 한창기 감독은 투수 박건의 활용도를 한국시리즈에서 극대화하기 위해서 비밀 병기로 감춰둔 것 같습니다. 그리고 제가 판단하기에는 한창기 감독이 비밀 병기인 박건 선수를 깜짝 선발투수로 활용할 것 같습니다."

무척 길었던 김문식 해설위원의 이야기가 끝난 순간이었다.

"저 자식은 여전히 말이 너무 많다."

이용운이 못마땅한 목소리로 덧붙였다.

"문제는 예측도 항상 빗나간다는 거야. 정확하게 예측도 못 하면서 말이 너무 많아. 지금까지 안 잘린 게 용하다. 용해."

김문식 해설위원에게 이용운이 독설을 날리고 있을 때, 채선경 아나운서가 박건에게 질문했다.

"김문식 해설위원님의 예측이 적중했나요?"

"죄송하지만 그 질문에는 대답을 드리기 어렵습니다. 아까 채선경 아나운서님께서도 말씀하셨듯이 비밀 병기는 꽁꽁 감출수록 더 큰 위력을 발휘하니까요."

박건이 질문에 대한 대답을 피했지만, 채선경 아나운서는 당황하지 않았다.

마치 이런 반응을 예상했다는 듯이 바로 진행을 이어나갔다.

"이번에는 최태룡 해설위원님께 마이크를 넘기겠습니다. 박건 선수에게 질문하고 싶은 게 없으신가요?"

"물론 있습니다. 현재 청우 로열스는 정규시즌 우승을 차지한 덕분에 한국시리즈에 선착해서 상대해야 할 팀이 결정되기를 기다리는 입장입니다. 박건 선수는 한국시리즈에서 가장 만나고 싶지 않은 상대 팀이 어느 팀입니까?"

'낯익은 질문.'

최태룡 해설위원의 질문이 끝난 순간, 박건이 가장 먼저 떠올린 생각이었다.

그리고 그가 던진 질문이 낯익은 이유는 원래 대본에 있었던 질문이었기 때문이었다.

─어느 팀이 한국시리즈에 올라오더라도 상관없습니다. 모두 강팀인
만큼 어차피 쉬운 상대는 없기 때문입니다. 어느 팀이 올라오는가보다
긴장하지 않고 청우 로열스만의 야구를 펼치는 것이 더 중요하다고 생
각합니다.

대본에 적혀 있었던 답안이었다.

말 그대로 모범 답안.

'다시 대본으로 돌아왔구나.'

박건이 내심 안도하면서 모범 답안을 입 밖으로 꺼내려 했지
만, 이용운이 나서는 것이 조금 더 빨랐다.

"특별히 만나고 싶지 않은 팀은 없습니다. 그렇지만 가장 만나
고 싶은 팀은 있습니다."

"어느 팀입니까?"

"대승 원더스입니다."

＊　　　　　＊　　　　　＊

"대승 원더스요?"

대본에 적혀 있던 대답과는 다른 대답이기 때문일까.

아니면, 예상치 못했던 대답이기 때문일까.

최태룡 해설위원은 당황한 기색을 감추지 못했다.

그런 그의 말문이 막히면서 스튜디오에는 잠시간 적막이 흘

렀다.

"최태룡 선배는 여전히 임기응변에 약하네."

이용운이 지적한 순간, 채선경 아나운서가 재빨리 나섰다.

"박건 선수의 대답은 분명히 예상 범위를 벗어난 면이 있습니다. 비록 올 시즌 청우 로열스에 밀려서 아쉽게 정규시즌 우승을 놓치긴 했지만, 대승 원더스는 명실공히 KBO 리그 최강팀으로 분류되는 강팀이기 때문입니다. 그런데 박건 선수는 대승 원더스가 청우 로열스의 한국시리즈 상대가 되길 바란다고 말씀하셨습니다. 그 이유가 무척 궁금해지는데요. 특별한 이유가 존재하나요?"

"물론 존재합니다."

"어떤 이유인가요?"

"아까 채선경 아나운서님이 하신 말씀 중에 그 이유가 숨어 있습니다."

"제가 했던 이야기 중에 이유가 숨어 있다고요?"

"아까 채선경 아나운서님은 대승 원더스를 어떻게 표현하셨죠?"

"비록 올 시즌 청우 로열스에 밀려서 아쉽게 정규시즌 우승을 놓치긴 했지만, 명실공히 KBO 리그 최강팀이라고 표현했던 것 같은데요."

"개인적으로 그 평가가 마음에 들지 않습니다."

"네?"

"이번 정규시즌 우승팀은 청우 로열스입니다. 그리고 대승 원더스는 리그 2위였죠. 그런데 채선경 아나운서님은 KBO 리그 최강팀으로 정규시즌 우승팀인 청우 로열스가 아니라, 대승 원더스라고 말씀하셨습니다. 정작 이번 정규시즌 우승은 청우 로열스가 차지했는데도 불구하고, 대승 원더스가 더 강팀이라고 표현하신 거죠."

"아!"

비로소 말뜻을 이해한 채선경 아나운서가 당황한 기색을 드러냈을 때, 박건이 계속 말을 이었다.

"채선경 아나운서님만이 아닙니다. 전문가들과 팬들까지도 KBO 리그 최강팀은 대승 원더스라고 평가하고 있으니까요. 비록 이번 정규시즌에서 청우 로열스에게 우승을 아깝게 내주긴 했지만, 그건 운이 없었을 뿐이다. 이렇게 판단하시는 분들이 많습니다. 그래서 운이 아니라 실력이 부족했다는 것을 증명하고 싶은 겁니다."

"한국시리즈에서 대승 원더스를 상대로 우승을 차지해서 말인가요?"

"맞습니다."

"그래서 한국시리즈에 대승 원더스가 올라오길 원한다고 말씀하셨던 것이군요."

채선경 아나운서가 재빨리 정리를 하고 있을 때, 박건이 말했다.

"그 이유가 다가 아닙니다."

"네?"

"한 가지 이유가 더 있습니다."

"또 어떤 이유가 있습니까?"

박건이 대답했다.

"대승 원더스의 약점을 알고 있거든요."

"대승 원더스의 약점을 알고 있다?"

채선경 아나운서가 즉각적으로 반응했다.

이미 다시 돌아올 수 없는 강을 건넜을 정도로 원래 대본과는 멀어져 버린 상황.

그로 인해 인터뷰 초반만 해도 채선경 아나운서는 긴장한 기색이 역력했다.

그렇지만 지금은 달랐다.

박건과의 인터뷰에 흥미를 드러내고 있었다.

오늘 녹화분이 방송되고 나면 야구팬들 사이에서 커다란 화제가 될 것임을 확신하고 있었기 때문이었다.

"김문식 해설위원님, 그리고 최태룡 해설위원님, 대승 원더스의 약점이 대체 무엇일까요?"

그런 그녀는 마이크를 김문식 해설위원과 최태룡 해설위원에게 넘겼다.

'왜?'

채선경 아나운서의 진행을 확인한 박건이 고개를 갸웃했다.

자신에게 바로 대승 원더스의 약점이 무엇이냐고 질문하지 않고 동석한 두 해설위원에게 먼저 질문한 이유를 알 수 없었기 때문이었다.

그때, 이용운이 말했다.

"진행 잘하네."

"……?"

"방송을 잘 알아."

이용운이 채선경 아나운서의 칭찬을 늘어놓는 것을 들은 박건이 재차 고개를 갸웃했을 때였다.

"잠깐만 끊었다가 가겠습니다."

담당 피디가 녹화 중단을 선언했다. 그리고 담당 피디가 녹화를 중단한 이유는 방송에 문외한이나 다름없는 박건도 짐작할 수 있었다.

'시간을 주기 위해서야.'

김문식과 최태룡.

두 해설위원은 채선경 아나운서가 갑자기 던진 질문에 당황한 기색이 역력했다.

그 사실을 간파한 담당 피디가 두 해설위원에게 답변을 정리할 시간을 주기 위해서 녹화를 중단한 것이었다.

덩달아 박건의 긴장이 풀렸을 때, 이용운이 불쑥 물었다.

"후배는 냉면 먹을 때 계란부터 먹냐? 면부터 먹냐?"

'진짜 맥락 없다. 맥락 없어.'

뜬금없이 냉면 타령을 시작한 이용운을 속으로 욕하며 박건이 대답했다.

"기억 안 납니다."

"왜 기억이 안 나?"

"면 끊은 지 오래됐거든요."

"나 때문에 면을 끊었다?"

"잘 아시네요."

"그래서 기억이 안 난다?"

"네."

"확실히 문제가 있네."

"그렇죠? 가끔 한 번씩은 냉면이나 짬뽕을 먹어야 되겠죠?"

최애 음식인 짬뽕을 비롯한 면류 음식에 대한 미련을 완전히 버리지 못한 박건이 반색하며 질문했다.

그렇지만 박건이 원하던 대답은 돌아오지 않았다.

"기억력에 문제가 있어."

"제 기억력…요?"

"날 만난 지 아직 일 년도 안 됐잖아? 그런데 불과 일 년도 안 된 일이 생각이 안 난다면, 기억력에 문제가 있다고 생각하지 않아?"

"……"

"그러니까 잘 기억해 봐."

'이게 꼭 기억해 내야 할 정도로 중요한 일인가?'

못마땅한 기색으로 박건이 기억을 더듬었다. 그리고 잠시 후, 예전 기억을 떠올리는 데 성공한 박건이 대답했다.

"면부터 먹었습니다."

"역시 그랬지."

"역시…요?"

"나도 그랬거든. 그리고 우리 둘만이 아니다. 냉면 좀 먹을 줄 아는 사람은 냉면 속에 든 계란을 나중에 먹는다."

"왜요?"

"계란이 냉면의 꽃이거든."

'그렇구나.'

계란이 냉면의 꽃이란 사실을 처음 알게 됐음에도 박건은 기쁘지 않았다.

여전히 이용운이 냉면에 대한 강의까지 하는 이유를 알 수 없었기 때문이었다.

"내가 왜 갑자기 냉면 타령을 하는지 이해가 안 가는가 보군."

그때, 이용운이 박건의 속내를 읽고 운을 뗐다.

"지금 하고 있는 녹화를 냉면에 비유하자면, 채선경 아나운서는 면부터 먹고 있는 셈이다."

"왜요?"

"냉면의 꽃인 계란을 아껴두고 있는 거지. 그래서 바로 후배에게 대승 원더스의 약점에 대해서 질문하지 않고, 두 해설위원들에게 먼저 질문한 것이다."

비로소 박건이 말뜻을 이해했을 때, 이용운이 덧붙였다.

"방송 용어로 쫀다고 표현하지. 진짜 중요한 핵심은 아껴둬야만 시청자들도 애를 태우는 법이거든. 이게 채선경 아나운서가 방송을 잘 안다는 증거지."

"녹화 재개하겠습니다."

박건과 이용운이 짤막한 대화를 마쳤을 때, 피디가 녹화 재개를 선언했다. 그리고 녹화가 재개되자, 카메라는 채선경 아나운서에게서 돌발 질문을 받은 두 해설위원에게 향했다.

"대승 원더스의 약점이라. 저는 약점을 못 찾겠습니다. 대승 원더스는 워낙 좋은 팀이거든요."

김문식이 대승 원더스의 약점을 찾지 못했다고 고백하며, 최태룡 해설위원을 바라보았다.

"선배님은 대승 원더스의 약점을 찾아내셨습니까?"

"한참 고민해 봤지만 저 역시 못 찾았습니다. 대승 원더스는 특별한 약점이 없는 무결점에 가까운 팀이니까요. 그래서 저도 박건 선수가 아까 말했던 대승 원더스의 약점이 궁금해서 죽을 지경입니다."

"최태룡 해설위원님의 건강을 위해서라도 박건 선수에게 빨리 대승 원더스의 약점에 대해 물어봐야겠네요."

'죽이 척척 맞네.'

녹화 재개 후 물 흐르듯 이어지는 채선경 아나운서와 두 해설위원의 대화를 들으며 박건이 감탄했을 때였다.

"'너와 나, 우리의 야구'가 인기 있는 데는 이유가 있구나. 작가의 순발력이 좋아. 그 짧은 사이에 이렇게 대본을 짠 걸 보니."

'괜히 죽이 척척 맞은 게 아니구나. 작가의 능력이었구나.'

새삼 감탄하고 있던 박건이 자신에게 향해 있는 채선경 아나운서의 시선을 뒤늦게 깨닫고 흠칫했다.

'지금 감탄하고 있을 때가 아니구나.'

자책하던 박건이 입을 열었다.

"대승 원더스의 약점은… 아직 알려드릴 수 없습니다."

박건이 대답을 마친 순간, 채선경 아나운서가 아쉬운 기색을 드러냈다.

"이번에도 비밀인가요?"

"만약 한국시리즈에서 청우 로열스와 대승 원더스가 맞붙는 대진표가 완성된다면, 제가 아까 말씀드렸던 대승 원더스의 약점을 알게 될 겁니다.

"그래도 너무 궁금한데요. 저도 저지만, 저기 계신 최태룡 해설위원님의 건강을 위해서라도 힌트를 좀 주시죠."

채선경 아나운서는 쉽게 포기하지 않고 힌트를 요구했고, 박건이 마지못한 표정으로 대답했다.

"청우 로열스와 대승 원더스의 정규시즌 마지막 3연전에서 청우 로열스가 스윕 승을 거뒀습니다. 그 세 경기를 잘 분석해 보시면, 대승 원더스의 약점을 파악할 수 있을 겁니다."

"어려운 부탁이었는데 힌트를 주셔서 감사합니다."

"원래라면 힌트를 드리지 않았을 겁니다. 그렇지만 워낙 대단한 미인이신 데다가 개인적으로 열렬한 팬이기도 한 채선경 아나운서님이 부탁하셔서 힌트를 드린 겁니다."

'대승 원더스의 약점을 알려준 것도 아니고, 힌트 하나 던져주면서 너무 생색내는 것, 아냐?'

박건이 불안한 표정을 지었을 때였다.

"생색 좀 내도 돼. 그리고 예쁘다는 말을 싫어하는 여자는 세상에 없다. 봐, 채선경 아나운서도 좋아하잖아."

'진짜… 좋아하네.'

환하게 웃고 있는 채선경 아나운서를 박건이 바라보고 있을 때였다.

"박건 선수와의 인터뷰, 정말 즐거웠습니다. 그래서 시간이 가는 줄도 몰랐는데 어느새 마칠 시간이 다 됐네요. 많이 아쉽지만, 마지막 질문을 드리겠습니다. 박건 선수의 꿈은 무엇입니까?"

박건이 대답했다.

"세계 최고의 선수들이 모이는 무대인 메이저리그에서 활약하는 것이 저의 최종 목표입니다."

*   *   *

'잘한 건가?'

녹화를 마친 박건의 표정이 근심으로 물들었다.

'무슨 말을 했는지 기억도 잘 안 나네.'

첫 방송 녹화라 워낙 긴장한 탓에 녹화 도중에 했던 말이 기억나지 않는 게 아니었다.

이용운이 한 말을 앵무새처럼 옮기기만 했기 때문에 무슨 이야기를 했는지 잘 기억이 나지 않는 것이었다.

그래도 굵직한 것들은 생생히 기억났다.

바로 '비밀 병기'와 '대승 원더스의 약점'이었다.

'일단 질러놓기만 하고 제대로 된 설명을 안 해서 욕 엄청 먹는 것 아냐?'

"청우 로열스에는 한국시리즈를 대비한 비밀 병기가 존재한다. 그 비밀 병기 때문에 한국시리즈 우승까지 차지해서 통합 우승을 차지하는 것이 가능하다."

"청우 로열스가 한국시리즈에서 맞대결을 펼칠 상대로 가장 원하고 있는 팀은 대승 원더스이다. 대승 원더스가 KBO 리그 최강팀이라고 평가받고 있지만, 대승 원더스의 약점을 알고 있기 때문이다."

박건이 녹화 도중에 했던 멘트들이었다.

그렇지만 그에 대해서 제대로 된 설명을 하지는 않고 얼버무렸다.

그래서 후폭풍을 우려한 박건이 우려 섞인 표정을 지었을 때였다.

"녹화 잘 끝났는데 표정이 왜 그 모양이냐?"

박건의 표정이 어두운 것을 알아챈 이용운이 물었다.

"진짜 잘 끝난 것 맞습니까?"

"그렇다니까."

"어떻게 확신하십니까?"

"담당 피디를 포함한 스태프들 표정을 보면 녹화가 잘됐는지 아닌지 금방 알 수 있어. 아까 너도 봤잖아? 담당 피디 입가에서 웃음이 떠나지 않는 걸. 그게 오늘 녹화가 아주 잘됐다는 증거다."

그 이야기를 들은 박건이 조금 안도하며 물었다.

"제가 진짜 비밀 병기입니까?"

"비밀 병기 중 하나지."

"그럼 비밀 병기가 또 있다는 겁니까?"

"그래."

"누굽니까?"

"차윤수."

"윤수 선배요?"

"그래. 한국시리즈에 맞춰서 부상에서 복귀하잖아."

차윤수는 청우 로열스 필승조의 핵심 역할을 맡았던 불펜투수.

그렇지만 정규시즌 후반부에 무릎에 타구를 맞아 불의의 부상을 당해 전력에서 이탈했었다.

그런 차윤수는 부상에서 복귀하기 위해서 재활 중이었다.

그리고 마무리 단계에 돌입한 재활 과정을 마친 후 한국시리즈를 앞두고 복귀하면, 청우 로열스의 전력에 큰 보탬이 될 것이었다.

말 그대로 비밀 병기.

그래서 표정이 밝아졌던 박건이 이내 고개를 갸웃하며 물었다.

"그런데 왜 차윤수 선배 이야기는 안 꺼냈습니까?"

녹화 중에 이용운은 청우 로열스의 비밀 병기가 박건이라고 대답했다.

차윤수의 이름은 언급하지 않은 이유에 대해 묻자, 이용운이 입을 뗐다.

"안 물어봤잖아."

"그렇긴 하지만……."

"그리고 명색이 비밀 병기인데 다 까발리면 되겠어?"

'틀린 말은 아니네.'

정규시즌을 치르는 과정에서 모든 팀의 전력은 이미 거의 노출이 된 상황이었다.

플레이오프 같은 단기전에서 중요한 것은 얼마나 전력을 감추느냐 여부였다.

그런 면에서 청우 로열스가 정규시즌 우승을 차지하면서 한국시리즈에 선착한 것은 분명히 유리한 면이 있었다.

휴식기 동안 전력 노출을 피할 수 있었기 때문이었다.

'차윤수 선배의 복귀는 상대 팀에 늦게 알려질수록 유리하지.'

박건이 고개를 끄덕이며 다른 질문을 던졌다.

"그럼 대승 원더스의 약점은요? 진짜 약점이 있긴 한 겁니까?"

"물론 있다."

"그 약점이 대체 뭔데요?"

"몰라?"

"모르니까 묻죠."

박건이 발끈하며 대답하자, 이용운이 덧붙였다.

"그냥 몰라도 돼."

"왜 몰라도 된다는 겁니까?"

"청우 로열스의 한국시리즈 상대는 대승 원더스가 아니고 다른 팀이 될 가능성이 높거든."

'이건 또 무슨 소리야?'

박건이 두 눈을 치켜떴다.

대승 원더스는 정규시즌 2위를 기록한 팀.

또, KBO 리그 최강팀으로 손꼽히는 팀이었다.

그래서 전문가들과 팬들은 물론이고, 박건을 포함한 청우 로열스 선수들도 한국시리즈에서 맞상대할 팀이 대승 원더스라고 예상하고 있었다.

그런데 이용운의 생각은 달랐다.

"왜 대승 원더스가 아니라 다른 팀이 한국시리즈에 진출할 거라고 예상하시는 겁니까?"

"약점을 공략당할 테니까."

"약점…요?"

"내가 녹화 중에 대승 원더스는 약점이 있다고 말했잖아. 그리고 그 약점을 알아낼 수 있는 힌트도 이미 알려줬고."

이건 사실이었다.

문제는 그 힌트에 대해 들었음에도 불구하고, 박건은 대승 원더스의 약점이 무엇인지 감조차 잡지 못했다는 점이었다.

'힌트가 너무 부실해.'

박건이 불만을 드러낸 순간, 이용운이 물었다.

"힌트를 들어도 모르겠지?"

"이 정도 힌트를 갖고 어떻게 압니까?"

"콩떡같이 말해도 찰떡같이 알아듣는 사람도 있다."

"누구요?"

"지푸라기라도 잡고 싶은 사람이지."

"그게 누굽니까?"

"장정훈 감독."

'장정훈 감독?'

우송 선더스의 감독인 장정훈의 얼굴을 박건이 떠올렸을 때, 이용운이 덧붙였다.

"장정훈 감독에게 준 힌트였다."

"왜 장정훈 감독에게 힌트를 준 겁니까."

"우송 선더스가 더 쉽거든."

"……?"

"대승 원더스보다는 우송 선더스와 상대하는 편이 청우 로열스가 통합 우승을 차지하는 데 더 유리하단 뜻이다."

이건 부인할 수 없는 사실이었다.

대승 원더스는 리그 2위인 반면, 우송 선더스는 리그 3위.

대승 원더스는 정규시즌 순위도 더 높을 뿐만 아니라 객관적인 전력에서도 우송 선더스에 앞선다는 평가를 받는 팀이었기 때문이었다.

"그럼 이 모든 게 전부……."

"전부 뭐냐?"

'아, 봉황을 입에 올리긴 진짜 싫은데.'

박건이 슬쩍 미간을 찌푸린 채 대답했다.

"모두 봉황의 깊은 뜻입니까?"

"그래. 오늘 녹화를 하는 도중에 청우 로열스의 한국시리즈 우승을 위한 포석을 깔겠다고 말하지 않았느냐?"

'헛고생을 했던 건 아니었네.'

놀란 표정을 짓고 있던 박건의 눈에 채선경 아나운서가 다가오는 것이 보였다.

"고생하셨습니다."

"죄송합니다."

"왜 죄송하다고 말씀하시는데요?"

"대본과 다른 대답을 꺼내서 많이 곤란하셨을 것 같아서요."

박건이 미안한 표정으로 대답하자, 채선경이 생긋 웃으며 입을 뗐다.

"솔직히 당황하긴 했는데 곤란하지는 않았어요. 오히려 생방송을 진행하는 느낌이어서 더 재밌었어요."

"좋게 말씀해 주셔서 감사합니다."

"그래서 아쉽기도 해요."

"뭐가 아쉽다는 겁니까?"

박건이 묻자, 채선경이 대답했다.

"박건 선수와의 인터뷰가 너무 빨리 끝난 것 같아서요."

'나도 아쉽네요.'

처음 녹화를 시작할 때만 해도 빨리 끝나길 바랐다. 그렇지만 막상 녹화가 끝나고 나자, 아쉬운 마음이 들었다.

그때, 이용운이 말했다.

"아쉬우면 다시 만나면 되지."

'어떻게?'

박건이 속으로 생각할 때, 이용운이 덧붙였다.

"채선경 아나운서가 다시 만나고 싶다는 의사를 밝히고 있잖아."

'언제?'

박건이 두 눈을 껌벅이며 기억을 더듬었다.

대본과 다르게 진행된 인터뷰로 인해 당황하긴 했지만, 나름 재미있었다.

그리고 인터뷰가 너무 빨리 끝난 것 같아서 아쉽다.

이게 채선경 아나운서가 한 이야기의 전부였다.

아무리 기억을 더듬어봐도 채선경 아나운서가 자신을 다시 만나고 싶다는 의사를 밝힌 적은 없었다.

그때, 이용운이 불쑥 물었다.

"혹시 후배는 모솔인가?"

모솔은 모태 솔로의 줄임말.

이건 박건도 알고 있는 용어였다.

'어떻게 알았지?'

그 질문을 받은 박건이 뜨끔했다.

적지 않은 나이임에도 불구하고 아직 모태 솔로라는 사실을 이용운에게 들킨 것이 부끄러워서였다.

그래서 대답을 하지 않고 입을 다물고 있었지만, 이용운은 끈질겼다.

"설마 모솔이 무슨 뜻인지 모르는 건가? 모태 솔로의 줄임말인데……."

"압니다."

"알면서도 대답을 안 했다? 침묵의 의미는 긍정이라고 했으니까… 후배는 모솔이 맞나 보군."

"……."

"그동안 대체 뭘 하고 산 거냐?"

이용운이 한심하단 목소리로 꺼낸 이야기를 들은 박건은 억울한 마음이 들었다.

운동하느라 바빠서 연애를 할 시간이 없었던 게 비난받을 일은 아니지 않은가.

"야구만 했습니다."

박건이 불퉁한 목소리로 항변했지만, 이용운에게는 그 변명이 통하지 않았다.

"그렇게 열심히 했는데 왜 이 모양이야?"

"그건……."

"야구도 잘하면서 연애도 잘하는 선수들도 지천으로 널려 있거든."

'에이, 말을 말자.'

박건이 더 말을 섞지 말자고 결심했을 때, 이용운이 혀를 끌끌 차며 다시 말했다.

"이렇게 눈치가 없으니까 모솔 신세를 못 벗어났지."

'내가 무슨 눈치가 없다는 거야?'

"채선경 아나운서가 먼저 호감을 표했는데도 알아채질 못하고 있잖아."

'진짜 호감을 표했나?'

박건이 속으로 생각하며 채선경 아나운서를 바라보았다.

대화가 끊긴 지 한참 됐음에도 채선경 아나운서는 떠나지 않았다.

그저 여전히 박건의 앞에 서 있을 뿐이었다.

'왜 안 가지?'

박건이 의아함을 품었을 때였다.

"다시 만나자고 해."

"……."

"후배가 그 말을 꺼내길 기다리느라 계속 미적거리고 있잖아. 모르겠어?"

'정말 그런가?'

한참을 고민하던 박건이 마침내 용기를 내서 입을 뗐다.

"아쉬우시면 다시 만나죠. 만약 청우 로열스가 한국시리즈에서 우승하면 다시 한번 '너와 나, 우리의 야구'에 초대해 주십시오."

"그래도 될까요?"

"안 될 것도 없지 않나요?"

"약속하신 겁니다."

채선경 아나운서가 웃으며 말했다.

"꼭 초대해 주셔야 합니다."

박건의 말을 끝으로 대화가 끝이 났다.

채선경 아나운서가 떠나고 홀로 남겨진 박건이 머리를 긁적일 때였다.

"어떠냐? 내 말이 맞지?"

"잘 모르겠습니다."

"뭘 몰라?"

"저 혼자 오버한 게 아닌가 걱정이 되네요."

박건이 자신 없는 목소리로 대답하자, 이용운이 깊은 한숨을 내쉬었다.

"앞으로 더 바빠지겠군."

"왜 더 바빠진다는 겁니까?"

"야구뿐만 아니라, 후배의 연애에도 신경 써야 하니까."

"그건… 제가 알아서 하겠습니다."

"알아서 하겠다?"

"네."

"그래서 그동안 모솔이었냐?"

제대로 일격을 얻어맞은 박건의 표정이 일그러졌을 때였다.

"일단 한국시리즈 우승부터 하자. 그래야 채선경 아나운서를 다시 만날 수 있을 테니까."

박건이 고개를 끄덕였다.

채선경 아나운서가 진행하는 '너와 나, 우리의 야구'에 초대받기 위한 필요조건은 청우 로열스의 한국시리즈 우승이었기 때문이었다.

그때, 이용운이 말했다.

"덕분에 동기부여 요인이 하나 더 생겼군."

"무슨 뜻입니까?"

이용운이 대답했다.

"채선경 아나운서를 다시 만나기 위해서라도 한국시리즈 우승을 차지해야 할 것 아니냐?"

제8장

플레이오프 5차전.

5전 3선승제로 치러지는 플레이오프에서 맞붙은 대승 원더스와 우송 선더스는 치열한 경기를 펼쳤다.

대승 원더스가 먼저 1승을 거두면 우송 선더스가 추격하는 것을 반복하며 2승 2패로 균형을 이루었다.

그리고 한국시리즈 진출이 걸려 있는 양 팀의 플레이오프 5차전이 대승 원더스의 홈구장에서 열렸다.

직접 경기장을 찾아와 있던 송이현이 그라운드에서 시선을 떼지 못한 채 입을 뗐다.

"이러다가 진짜 우송 선더스가 한국시리즈에 진출하는 것 아닌가요?"

3―1.

7회 초 우송 선더스의 공격이 진행되고 있는 현재 스코어였다.

우송 선더스가 두 점 차로 앞서고 있었고, 7회 초 공격에서도 1사 2, 3루의 절호의 득점 찬스가 찾아와 있었다.

대승 원더스의 선발투수인 앤서니 니퍼트에 이어서 마운드에 오른 불펜투수 윤태수가 상대하는 것은 우송 선더스의 4번 타자인 빅터 스마일.

추가 실점을 허용하지 않기 위해서 윤태수는 빅터 스마일을 상대로 유인구 위주의 승부를 펼쳤다.

그렇지만 빅터 스마일은 타석에서 서두르지 않았다.

유인구에 속아 배트를 휘두르지 않고, 침착하게 골라냈다.

"볼넷."

3볼 1스트라이크에서 윤태수가 던진 커브를 참아낸 빅터 스마일이 볼넷을 얻어내는 데 성공했다.

1사 만루로 상황이 바뀐 순간. 대승 원더스 양성문 감독이 더그아웃을 박차고 나와 마운드로 걸어 올라왔다.

그런 그는 투수 교체를 단행했다.

윤태수를 내리고 정원준을 마운드에 올렸다.

'총력전.'

정원준을 마운드에 올리는 양성문 감독을 확인한 송이현이 머릿속으로 총력전이란 단어를 떠올렸을 때였다.

"이번 이닝에 결정이 될 확률이 높습니다."

제임스 윤이 미루고 있던 대답을 꺼냈다.

"지금이 승부처란 뜻이죠?"

"네, 좀 더 지켜보시죠."

연습 투구를 마친 정원준의 첫 상대는 우송 선더스의 5번 타자 장민섭이었다. 그리고 정원준은 1볼 1스트라이크 상황에서 3구째로 바깥쪽 직구를 던졌다.

슈아악.

그 순간, 장민섭이 힘껏 배트를 휘둘렀다.

'높았어. 실투.'

송이현이 두 눈을 빛낸 순간이었다.

따악.

경쾌한 타격음과 함께 장민섭이 때린 타구가 쭉쭉 뻗어 나갔다.

필사적으로 타구를 쫓아간 대승 원더스의 우익수가 외야 펜스에 올라타면서 글러브를 들어 올렸다. 그렇지만 장민섭이 때린 타구는 우익수가 높이 들어 올린 글러브를 살짝 넘기고 떨어졌다.

'그랜드슬램.'

바뀐 투수인 정원준을 상대로 결정적인 만루홈런을 빼앗아낸 장민섭이 캥거루처럼 껑충껑충 뛰면서 그라운드를 돌았다.

대승 원더스의 홈구장이 적막에 휩싸였다.

*   *   *

7—1.

장민섭의 그랜드슬램이 터지면서 양 팀의 점수 차는 6점으로 벌어졌다.

9회 말 대승 원더스의 마지막 공격이 진행되고 있는 대승 원더스의 홈구장에는 빈자리가 눈에 띄게 늘어 있었다.

대승 원더스가 동점 내지 역전을 만들 가능성이 희박하다고 판단한 대승 원더스 팬들이 하나둘씩 경기장을 빠져나갔기 때문이었다.

"우송 선더스가… 이겼네요."

전문가들은 열이면 열, 모두 대승 원더스가 이번 플레이오프의 승자가 될 것이라고 예상했다.

그렇지만 그 예상이 빗나간 셈이었다.

"이걸… 좋아해야 하나요?"

송이현은 청우 로열스의 단장.

한국시리즈에서 맞상대해야 할 상대가 대승 원더스가 아닌 우송 선더스로 결정된 현 상황에 대해서 득실 관계를 따지지 않을 수 없었다.

그래서 그녀가 질문하자, 제임스 윤이 대답했다.

"좋아해도 됩니다."

"대승 원더스보다는 우송 선더스가 쉽다?"

"그건 아닙니다."

"그럼 왜 좋아해도 된다는 거죠?"

"플레이오프가 5차전까지 왔으니까요. 양 팀 다 총력전을 펼친 상황입니다. 청우 로열스 입장에서는 좋은 일이죠."

체력적인 문제, 그리고 전력 노출.

청우 로열스 입장에서는 플레이오프가 5차전까지 이어진 것이 이득이라는 것을 부인할 수 없었다.

"야구 참 모르겠네요. 저도 다른 전문가들처럼 대승 원더스가 한국시리즈에 진출할 거라고 예상했거든요."

송이현이 말하자, 제임스 윤이 입을 뗐다.

"저 역시 마찬가지였습니다. 그렇지만 딱 한 사람은 대승 원더스가 아닌 우송 선더스가 한국시리즈에 진출할 거라고 예상했습니다."

"그게 누구죠?"

"박건 선수입니다."

송이현이 고개를 갸웃했다.

박건이 '너와 나, 우리의 야구'라는 프로그램에 출연했던 것을 알고 있었다.

또, 그가 출연했던 방송을 직접 보기도 했었다.

그렇지만 박건이 우송 선더스가 대승 원더스를 제치고 한국시리즈에 진출할 것을 예상했던 것은 기억이 나지 않았다.

"저도 방송 봤어요. 예상보다 훨씬 말을 잘해서 깜짝 놀랐었죠. 그런데 박건 선수가 방송에 출연했을 때 그런 예상을 했었나요?"

해서 송이현이 묻자, 제임스 윤이 대답했다.

"엄밀히 말하면 우송 선더스가 한국시리즈에 진출할 거라는 예상을 한 것은 아니었습니다. 그렇지만 우송 선더스가 한국시리즈에 진출하도록 도움을 줬죠."

"무슨 뜻이죠?"

"대승 원더스의 약점을 알려줬거든요."

재차 기억을 더듬던 송이현이 두 눈을 빛냈다.

"대승 원더스의 약점을 알고 있거든요."

'너와 나, 우리의 야구'에 출연했던 박건이 인터뷰 도중 했던 말이었다. 그렇지만 송이현의 기억대로라면 박건은 방송에서 대승 원더스의 약점에 대해 밝히지 않았다.

대승 원더스의 약점을 알 수 있는 힌트만 알려줬을 뿐이었다.

"제임스 윤이 틀렸어요. 박건 선수는 대승 원더스의 약점을 알려줬던 게 아니니까요. 힌트만 줬었죠."

"맞습니다."

"그것도 무척 애매모호한 힌트였죠."

청우 로열스와 대승 원더스가 치렀던 정규시즌 마지막 3연전에 대승 원더스의 약점을 알 수 있는 힌트가 숨어 있다.

이게 박건이 방송에서 밝혔던 힌트의 정체였다.

그 방송이 나가고 난 후, 박건의 인터뷰는 꽤 큰 화제가 됐었다.

포털사이트 실시간검색어 순위 1위에 박건의 이름이 올랐고, 박건이 언급했던 '대승 원더스 약점'과 '비밀 병기'라는 용어가 실시간검색어 상위권에 올랐던 것이 그 인터뷰가 무척 화제가 됐다는 증거였다.

송이현 역시 그 방송을 본 후, 대승 원더스의 약점에 대해 고민해 보았다. 그리고 대승 원더스의 약점을 알아내기 위해서 청우 로열스와 대승 원더스가 치렀던 정규시즌 마지막 3연전을 다시 보기도 했었다.

그럼에도 불구하고 송이현은 대승 원더스의 약점을 찾아내는 데 실패했다.

그때, 제임스 윤이 말했다.

"우송 선더스 장정훈 감독은 그 애매모호한 힌트를 통해서 대승 원더스의 약점을 찾아내는 데 성공했습니다."

"그걸 제임스 윤이 어떻게 알죠?"

"플레이오프 결과를 통해서 확신하게 됐습니다."

"……?"

"우송 선더스가 모두의 예상을 깨고 플레이오프에서 대승 원더스를 잡아내기 일보 직전이니까요."

그 이야기를 듣던 송이현이 다시 그라운드로 고개를 돌렸다.

슈악.

부우웅.

우송 선더스의 마무리투수인 이원중이 던진 포크볼에 속은 4번 타자 유대호가 크게 헛스윙을 했다.

"스트라이크아웃. 경기 종료."

2사 1루 상황에서 타석에 들어섰던 유대호가 헛스윙 삼진을 당하면서 플레이오프 5차전 경기가 종료됐다.

유대호가 고개를 절레절레 흔들며 더그아웃으로 향했고, 한국시리즈 진출이 확정된 우송 선더스 선수들이 그라운드로 뛰어들어 승리의 기쁨을 만끽했다.

감독석에서 일어서서 코칭스태프들과 악수하며 기뻐하는 장정훈 감독을 바라보던 송이현이 입을 뗐다.

"일보 직전이 아니라 우송 선더스가 한국시리즈에 진출했어요."

"결국 그렇게 됐네요."

"진짜 장정훈 감독이 박건 선수가 건넨 힌트 덕분에 대승 원더스의 약점을 알아챘고, 또 그 약점을 공략해서 좋은 결과를 얻은 걸까요?"

"네."

"그럼 혹시 제임스 윤도 대승 원더스의 약점이 뭔지 알아냈어요?"

제임스 윤이 대답했다.

"저도 모르죠."

*   *   *

부우웅.

유대호가 헛스윙 삼진으로 물러나며 플레이오프 5차전 경기가 끝난 순간, 우송 선더스 선수들이 마운드로 달려 나갔다.

한데 엉켜서 승리를 자축하는 우송 선더스 선수들을 바라보던 박건이 한숨을 내쉬었다.

"결국 우송 선더스가 대승 원더스를 잡아냈네요."

"내가 그랬지 않느냐? 장정훈 감독은 그 정도 힌트만 줘도 답을 찾아낼 거라고."

이용운이 말한 순간, 하이라이트 영상이 끝이 나고 승장인 장정훈 감독의 인터뷰가 방송됐다.

"우선 한국시리즈 진출 축하드립니다."

"감사합니다. 어려운 상대인 대승 원더스를 잡아내고 한국시리즈에 진출하게 돼서 무척 기쁩니다."

"이번 플레이오프 수훈 선수를 꼽아주시죠."

"특별히 수훈 선수를 꼽기 힘들 정도로 모든 선수들이 잘해줬습니다. 일단 선발투수들이 모두 제 몫을 해줬고, 우리 팀의 마무리를 맡고 있는 원중이도 박빙의 승부에서 잘 버텨줬습니다. 타선에서는 오늘 만루홈런을 포함해서 플레이오프에서 홈런 세 개를 쳐낸 민섭이가 제 몫 이상을 해줬습니다. 그리고 굳이 한 명 더 수훈 선수를 꼽자면… 박건 선수입니다."

'나?'

승장 장정훈 감독의 인터뷰를 지켜보던 박건이 깜짝 놀랐다.

장정훈 감독이 인터뷰에서 자신을 언급할 줄은 꿈에도 몰랐기 때문이었다.

"혹시 우송 선더스에 저와 동명이인인 선수가 있나요?"

"없어. 박건이란 이름이 그리 흔하지는 않거든. 그리고 플레이오프 엔트리에 박건이란 선수는 없었어."

"그럼 방금 장정훈 감독이 언급한 선수가 저인가요?"

"맞아."

"왜 수훈 선수로 저를 언급했죠?"

이용운에게 동명이인인 선수가 우송 선더스에 존재하지 않는다는 확인 작업을 거친 후, 박건이 당황한 기색을 드러냈다. 그리고 당황한 것은 박건만이 아니었다.

장정훈 감독과 인터뷰를 진행하던 아나운서도 당황했긴 마찬가지였다.

"방금 감독님께서 말씀하신 박건 선수가 청우 로열스 소속 박건 선수인가요?"

"맞습니다."

"왜 청우 로열스 박건 선수를 수훈 선수로 꼽으신 건가요?"

장정훈 감독이 대답했다.

"박건 선수 덕분에 대승 원더스의 약점을 간파할 수 있었거든요."

*　　　　*　　　　*

경기 하이라이트에 이어서 승장 장정훈 감독의 인터뷰가 끝이 난 후, 화면은 다시 스튜디오로 돌아왔다.

채선경 아나운서가 평소보다 살짝 높아진 톤으로 입을 뗐다.

"승장인 우송 선더스 장정훈 감독님과의 인터뷰까지 확인하고 돌아왔습니다. 장정훈 감독님께서 인터뷰 중에 굉장히 흥미로운 발언을 하셨습니다. 수훈 선수 중 한 명으로 청우 로열스 박건 선수를 꼽았고, 그 이유를 박건 선수가 '너와 나, 우리의 야구'에 출연해서 대승 원더스의 약점에 대해서 알려줬기 때문이라고 밝혔죠. 아쉬운 점은 우송 선더스 장정훈 감독님께서 대승 원더스의 약점에 대해서 설명을 해주시지 않았다는 점입니다. 그래서 '너와 나, 우리의 야구'가 자랑하는 두 해설위원님들을 모시고 플레이오프에서 탈락한 대승 원더스의 약점에 대해 이야기를 나눠보도록 하겠습니다. 그럼 여느 때와 다름없이 김문식 해설위원님에게 먼저 질문드리겠습니다. 박건 선수, 그리고 장정훈 감독님이 말씀하셨던 대승 원더스의 약점, 대체 무엇입니까?"

채선경 아나운서의 질문을 받은 김문식 해설위원이 크게 한숨을 내쉰 후 대답했다.

"이거 참 어려운 질문입니다. 저 역시 계속 고민한 끝에 내린 결론은 경기 감각입니다. 중앙 드래곤즈와 우송 선더스가 준플레이오프를 치르는 동안 대승 원더스는 휴식을 취했죠. 그 사이 대승 원더스 선수들은 경기 감각이 떨어지는 문제를 드러냈고, 장정훈 감독은 그 약점을 집요하게 물고 늘어져서 대승 원더스와의 플레이오프에서 승리를 가져갔다고 판단합니다."

김문식 해설위원이 대답을 마친 순간, 이용운이 입을 뗐다.

"참 용해."

그 이야기를 들은 박건이 물었다.

"김문식 해설위원이 맞혔습니까?"

"틀렸어."

"그런데 왜 용하다고 말씀하신 겁니까?"

박건이 다시 질문하자, 이용운이 대답했다.

"저렇게 분석이 다 틀리는데 안 잘리는 게 용하다는 뜻이었다."

"……?"

"혹시 담당 피디의 약점을 쥐고 있나?"

이용운이 음모론을 제기했지만, 박건은 그 음모론에 전혀 관심이 없었다.

"경기 감각이 떨어진 문제가 대승 원더스의 약점이 아니란 뜻인가요?"

"아냐. 대승 원더스도 팽팽 놀았던 것은 아냐. 그 사이에 자체 청백전도 했고, 대학 팀과 실전도 치르면서 경기 감각을 유지하기 위해 노력했거든. 그리고 플레이오프 1차전을 대승 원더스가 잡은 것이 경기 감각이 떨어지지 않았다는 증거지.

박건이 수긍하며 천천히 고개를 끄덕였을 때였다.

"김문식 해설위원님은 대승 원더스의 경기 감각이 떨어진 것이 약점이라는 의견을 내셨는데요. 최태룡 해설위원님의 생각도 같으세요?"

"저는 조금 의견이 다릅니다."

"그럼 최태룡 해설위원님이 생각하시는 대승 원더스의 약점은 무엇입니까?"

채선경 아나운서의 질문을 받은 최태룡 해설위원이 자신 있는 목소리로 대답했다.

"대승 원더스의 약점은 없습니다."

"네?"

"우송 선더스와 플레이오프를 치르는 과정에서 대승 원더스는 승리를 거둘 때나, 아쉽게 패할 경우에나 모두 좋은 경기력을 보였습니다. 특별한 약점을 발견할 수 없었습니다. 제가 판단하기에는 결국 대승 원더스보다 우송 선더스의 경기력이 좋았기 때문에 이런 결과가 도출됐다고 생각합니다."

최태룡 해설위원이 의견을 피력한 순간, 이용운이 혀를 끌끌 찼다.

"도긴개긴이구나."

"역시 분석이 틀렸다는 뜻입니까?"

"그래, 틀렸다. 그나저나 최태룡 선배는 예전부터 참 일관되게 틀린 분석을 하는구나. 그런데 대체 어떻게 자리보전을 하고 있는 거지? 혹시 최태룡 선배도 담당 피디의 약점을 쥐고 있는 건가? 아니지. 담당 피디 약점 쥔 걸로는 이렇게 오래 버티기 어려워. 혹시 국장의 약점을 쥐고 있는 건가?"

이용운이 또다시 음모론을 제기한 순간, 박건이 참지 못하고 질문했다.

"그럼 대승 원더스의 약점은 대체 뭡니까?"

그 질문을 받은 이용운이 되물었다.

"아직도 몰라?"

"모르니까 묻죠."

"됐다. 알 필요 없다."

대답하기도 귀찮은 걸까?

이용운이 알 필요 없다고 대답했다.

'나도 알고 싶지 않거든요.'

평소라면 더 캐묻지 않았으리라.

이용운이 봉황과 참새를 들먹일 가능성이 높았기 때문이었다.

그렇지만 이번에는 그럴 수 없었다.

봉황과 참새를 어김없이 입에 올리며 무시할 가능성이 높았지만, 그 무시와 비난을 감수하더라도 대승 원더스의 약점을 알아낼 필요가 있었다.

'내게 다시 질문할 가능성이 높아.'

만약 청우 로열스가 한국시리즈에서 우승한다면?

채선경 아나운서는 박건을 다시 '너와 나, 우리의 야구'에 초대한다고 약속했다. 그리고 다시 '너와 나, 우리의 야구'에 출연한다면, 채선경 아나운서는 대승 원더스의 약점에 대해서 질문할 가능성이 높았다.

그래서 박건이 다시 입을 뗐다.

"저한테만 대승 원더스의 약점을 알려주시죠."

"굳이 알 필요 없다니까."

그렇지만 이용운은 순순히 알려주지 않았다.

'아, 자존심 상해.'

속에서 열불이 치밀었지만, 박건은 꾹 눌렀다. 그리고 박건은 더 사정하는 대신, 다른 방법을 택했다.

이용운과 '영혼의 파트너'가 된 지 이미 오랜 시간이 흐른 시점.

박건도 그냥 시간을 흘려보낸 것은 아니었다.

'이용운 사용법이라고 표현하면 될까?'

나름대로 이용운을 상대할 방법을 찾아낸 후였다.

"선배님도 대승 원더스의 약점을 모르시죠?"

"내가 왜 몰라?"

"모르니까 안 알려주시는 것 아닙니까?"

박건이 슬쩍 떠보자, 이용운이 상기된 목소리로 대답했다.

"안다니까."

"진짜 아는 것 맞습니까?"

"그리 궁금해하니 알려주마. 대승 원더스의 약점은… 가만, 뭔가 좀 이상한데. 지금 혹시 격장지계를 사용하는 거냐?"

'격장지계는 또 뭐야?'

사자성어 울렁증이 도진 탓에 박건이 입을 꾹 다물고 있을 때였다.

"미안하다."

이용운이 돌연 사과했다.

'왜 사과하는 거지?'

박건이 의구심을 품은 순간, 이용운이 덧붙였다.

"내가 또 후배를 너무 과대평가했다."

"……?"

"격장지계가 무슨 뜻인지도 모르는데 격장지계를 사용할 수 있을 리가 없지."

'뭐래?'

이용운의 말을 한 귀로 듣고 한 귀로 흘리며 박건이 재빨리 입을 뗐다.

"또 시간을 끄는 것을 보니 역시 모르시는군요."

박건이 재차 캐묻자, 이용운이 더 버티지 못하고 대승 원더스의 약점을 알려주었다.

"대승 원더스의 약점은 중압감을 이기지 못한다는 것이었다."

"중압감…요?"

"정규시즌 막바지 청우 로열스와 대승 원더스의 올 시즌 마지막 3연전은 무척 중요한 경기들이었다. 그 3연전 결과에 따라서 정규시즌 우승의 향방이 결정될 수도 있었기 때문이었다. 당시 리그 선두를 달리던 대승 원더스와 리그 3위였던 청우 로열스의 격차는 네 경기. 만약 3연전 가운데 한 경기만 대승 원더스가

8장 235

잡아냈더라도 대승 원더스의 정규시즌 우승은 거의 확정되다시피 했다. 그런데 대승 원더스는 3연전 가운데 한 경기도 잡아내지 못하고 스윕 패를 당했지."

이용운의 말대로였다.

대승 원더스가 청우 로열스와의 정규시즌 마지막 3연전에서 딱 한 경기만 잡아냈더라도, 양 팀의 격차는 두 경기였다.

남은 경기는 다섯 경기.

두 경기의 격차를 따라잡고 역전 우승을 차지하는 것은 힘들었다.

"그때 대승 원더스가 청우 로열스에 스윕 패를 당한 것이 중압감을 이겨내지 못했기 때문이라는 겁니까?"

"그래. 당시 경기들을 잘 복기해 보거라. 3연전 첫 경기는 연장까지 이어졌던 접전이었다. 후배의 깜짝 호투, 그리고 앤서니 쉴즈의 끝내기홈런 덕분에 청우 로열스가 승리를 거두긴 했지만, 대승 원더스가 거의 잡았다고 해도 과언이 아닐 정도로 대단한 접전이었지. 그 3연전 첫 경기에 패하고 난 후, 대승 원더스는 나머지 두 경기에서 와르르 무너졌다. 우리는 리그 최강팀이다. 당연히 상대 팀과 압도적인 격차를 벌리며 우승할 수 있다. 이런 확신이 사라지게 되자, 대승 원더스 선수들은 당황한 거지."

"하지만……."

"진짜 중요한 것은 그 후다. 청우 로열스와 정규시즌 마지막 3연전에서 스윕 패를 당했던 대승 원더스는 리그 선두를 간신히 지켰지만, 격차는 고작 한 경기로 줄어들었지. 그리고 남아 있던 정규시즌 다섯 경기에서 대승 원더스는 어떤 성적을 거뒀지?"

"2승 3패를 거뒀습니다."

청우 로열스가 정규시즌 우승을 차지하기 위해서는 대승 원더스가 거두는 성적도 무척 중요했다. 그래서 박건은 대승 원더스가 정규시즌 마지막 다섯 경기에서 2승 3패를 거두었다는 것을 정확히 기억하고 있었다.

그때, 이용운이 말했다.

"정확히 기억하고 있구나. 2승 3패라는 성적도 대승 원더스에게는 어울리지 않았지만, 경기 내용은 리그 최강팀이라고 평가받던 대승 원더스에 더 어울리지 않았다. 말 그대로 경기력이 형편없었거든. 그리고 대승 원더스의 경기력이 형편없었던 이유는 청우 로열스 때문이었다. 이러다가 자칫 잘못하면 정규시즌 우승을 놓칠 수도 있다. 한 발만 삐끗하더라도 낭떠러지에 떨어지게 된다. 이런 위기감이 마음속에 깃들자, 대승 원더스 선수들이 중압감을 이겨내지 못하고 스스로 무너졌던 거지."

박건이 천천히 고개를 끄덕였다.

'일리가 있어.'

대승 원더스의 정규시즌 마지막 다섯 경기 상대는 대부분 하위권 팀들이었다. 그럼에도 불구하고 대승 원더스는 강팀의 면모를 보이지 못하고 2승 3패로 부진했다.

그 원인은 턱밑까지 추격했던 청우 로열스의 상승세로 인해 선수들이 중압감을 느꼈기 때문일 가능성이 높았다.

"우송 선더스 장정훈 감독은 그런 대승 원더스의 약점을 간파했다. 그리고 그가 대승 원더스의 약점을 간파했다는 증거는 플레이오프에서 선보인 투수 로테이션이다."

'투수 로테이션?'

박건이 플레이오프에서 우송 선더스 선발투수 로테이션을 기억해 내기 위해 애썼다.

'1차전 선발은 조수형, 2차전 선발은 저니 레스터, 3차전 선발은 서광현, 4차전 선발은 필립 스미스, 그리고 5차전은 저니 레스터였어.'

잠시 후, 기억을 떠올리는 데 성공한 박건이 두 눈을 빛냈다.

'확실히 특이한 선발 로테이션이야.'

우송 선더스의 에이스는 외국인 투수 저니 레스터.

그렇지만 장정훈 감독은 가장 중요하다고 평가받는 플레이오프 1차전에 에이스인 저니 레스터를 출전시키지 않았다.

저니 레스터 대신 올 시즌 팀의 4선발 역할을 맡았던 조수형을 플레이오프 1차전 선발로 내세웠다.

'왜 그런 선택을 내렸지?'

장정훈 감독이 선택한 플레이오프 1차전 깜짝 선발 조수형 카드는 실패로 돌아갔다.

대승 원더스 양성문 감독이 내세운 에이스 앤서니 니퍼트와의 선발 맞대결에서 밀리며 우송 선더스는 플레이오프 1차전을 내줬으니까.

"장정훈 감독은 플레이오프 1차전을 포기하면서까지 에이스인 저니 레스터를 아꼈다. 2차전에서 확실한 승리를 거두기 위해서였지. 그리고 3차전에도 2선발인 필립 스미스가 아닌 서광현을 투입하는 강수를 뒀다. 필립 스미스를 아껴서 4차전을 잡기 위해서였지. 즉, 잡을 수 있는 경기를 확실하게 잡기 위해서 위험을 감수하고 팀의 원투 선발을 2차전과 4차전에 투입했던 거지."

그런 장정훈 감독의 승부수는 통했다.

우송 선더스는 플레이오프 1차전과 3차전을 패했지만, 원투펀치인 저니 레스터와 필립 스미스가 선발 출전한 플레이오프 2차전과 4차전에서 승리를 거두었으니까.

"장정훈 감독의 목표는 한 경기씩 따라붙으면서 플레이오프를 5차전까지 끌고 가는 것이었다. 대승 원더스 선수들은 중압감에 약하다. 이런 약점을 간파했기 때문에 5차전까지 승부를 끌고 가면 승산이 있다고 판단했거든. 그런 장정훈 감독의 계산은 적중했다. 대승 원더스 선수들은 한국시리즈 진출이 걸려 있는 플레이오프 5차전에서 경기의 중압감을 이기지 못하고 스스로 무너졌으니까."

7─1.

플레이오프 5차전의 최종 스코어였다.

장민섭의 그랜드슬램이 터지면서 우송 선더스가 큰 점수 차로 승리를 거두었지만, 진짜 승부처는 따로 있었다.

2회 초 1사 1, 3루의 위기에서 대승 원더스 유격수가 평범한 내야땅볼을 뒤로 빠뜨리는 치명적인 실책을 범한 것이 무척 컸다.

즉, 대승 원더스는 수비 실책을 범하면서 스스로 무너졌던 셈이었다.

'이게 대승 원더스의 약점이었구나.'

비로소 대승 원더스의 약점을 알게 된 박건의 표정이 밝아졌다.

"이제 준비가 됐습니다."

"무슨 준비가 됐다는 것이냐?"

"한국시리즈에서 우승하고 난 후, '너와 나, 우리의 야구'에 다시 출연할 준비가 됐다는 뜻입니다."

박건이 자신 있는 목소리로 대답한 순간, 이용운이 말했다.

"후배가 하나 착각하고 있는 게 있다."

"제가 뭘 착각하고 있다는 겁니까?"

이용운이 대답했다.

"아직 한국시리즈 우승 못 했다."

*　　　　*　　　　*

대망의 한국시리즈.

7전 4선승제로 펼쳐지는 한국시리즈 1차전에 양 팀의 사령탑은 팀의 에이스를 선발투수로 출전시켰다

조던 픽스 VS 저니 레스터.

한국시리즈 1차전에서 승리할 경우, 승리 팀의 우승 확률은 78.8%.

무려 80%에 육박하는 우승 확률을 잡기 위해서 양 팀 사령탑 모두 한국시리즈 1차전에 승부수를 던진 것이었다.

양 팀의 에이스들이 선발 출전한 경기는 팽팽한 투수전 양상으로 흘러갔다.

0-0.

0의 균형을 이룬 채 한국시리즈 1차전 경기는 4회 초에 접어들었다.

4회 초의 선두타자는 우송 선더스의 리드오프인 강영학.

1볼 1스트라이크 상황에서 조던 픽스가 3구째 커브를 던졌다.

슈악.

그 순간, 강영학이 번트 자세를 취했다.

틱. 데구르르.

기습번트가 청우 로열스 수비진의 허를 찔렀다.

번트 타구를 잡아서 1루에 송구한다고 해도 늦었다.

이렇게 판단한 3루수 양훈정은 번트 타구를 잡아내서 1루로 송구하는 대신, 3루 측 라인 선상을 벗어나길 기다렸다.

그렇지만 번트 타구가 라인 선상에 걸친 채 멈추면서 강영학은 한국시리즈 첫 출루에 성공했다.

무사 1루 상황에서 타석에 들어선 것은 2번 타자 유호.

슈아악.

그는 조던 픽스의 바깥쪽 직구를 노려서 밀어 쳤다.

따악.

경쾌한 타격음이 흘러나온 순간, 좌익수로 출전한 박건이 타구를 쫓기 시작했다.

'잡을 수 있을까?'

배트 중심에 제대로 맞은 탓에 쭉쭉 뻗고 있는 타구의 궤적을 살피던 박건이 고민에 잠겼다.

끝까지 포기하지 않고 타구를 쫓아가서 슬라이딩캐치를 시도하는 그림을 박건이 머릿속으로 그리고 있을 때였다.

"못 잡아."

"……?"

"펜스플레이를 대비해."

이용운이 딱 잘라 말했다.

그 조언을 들은 박건이 슬라이딩캐치를 포기하고 펜스플레이에 대비했다.

툭. 툭.

펜스에 맞고 떨어진 타구를 잡자마자 박건이 지체하지 않고 중계플레이를 준비 중인 유격수에게 송구했다.

쉬이익.

강한 송구는 유격수 배준영에게 정확하게 도착했다. 그리고 배준영은 홈으로 공을 던지지 않았다.

1루 주자 강영학이 홈승부를 포기하고 3루에 머물렀기 때문이었다.

'일단 실점을 막았다.'

박건이 안도했을 때였다.

한창기 감독이 더그아웃을 박차고 나와 마운드로 향하는 모습이 들어왔다.

잠시 후, 박건이 두 눈을 크게 떴다.

마운드를 방문한 한창기 감독이 조던 픽스에게서 공을 건네받는 모습을 확인했기 때문이었다.

"투수 교체?"

조던 픽스는 명실공히 청우 로열스의 에이스.

비록 무사 2, 3루의 실점 위기에 처해 있었지만, 아직 실점을 허용한 것은 아니었다.

그리고 이제 겨우 4회 초였다.

그래서 박건은 한창기 감독이 마운드를 방문한 것이 조던 픽스를 진정시키기 위함이라고 판단했다.

그렇지만 한창기 감독의 선택은 달랐다.

그는 이른 시점에 조던 픽스의 교체를 단행하는 강수를 두었다.

'조원관?'

조던 픽스를 마운드에서 내린 한창기 감독이 마운드에 올린 것은 조원관이었다.

조원관은 올 시즌 청우 로열스의 4선발로 활약한 투수.

"왜… 조원관을 올리는 거지?"

박건이 의아함을 느꼈다.

한국시리즈는 7전 4선승제.

따라서 4선발 체제를 운용하는 것이 일반적이었다.

그런데 올 시즌 팀의 4선발을 맡았던 조원관을 한국시리즈 1차전에 불펜투수로 활용하는 한창기 감독의 투수 운용.

분명 의외였다.

그때, 이용운이 말했다.

"역시 예방주사 맞은 효과가 있네."

"무슨 예방주사요?"

"정규시즌 최종전, 기억 안 나?"

'정규시즌 최종전이라면?'

당연히 기억이 안 날 수가 없었다.

청우 로열스의 정규시즌 우승이 확정된 극적인 경기였기 때문이었다.

더구나 자신이 청우 로열스의 정규시즌 우승을 확정한 끝내기 안타를 기록했는데 어찌 잊을 수가 있을까.

'정규시즌 최종전 상대는 다름 아닌 우송 선더스. 그리고 패색이 짙었던 경기를 극적으로 승리했었지.'

당시 기억을 더듬던 박건이 이용운이 경기 중에 했던 표현을 떠올리는 데 성공했다.

"오늘 경기가 예방주사가 될 수도 있다. 한창기 감독도 오늘의 실패를 교훈 삼아서 앞으로 펼칠 단기전에서 달라진 모습을 보일 테니까."

그리고 이용운이 이런 표현을 했던 이유는 한창기 감독이 투수 교체 타이밍을 미루다가 정규시즌 우승이 걸려 있는 중요한 경기를 하마터면 놓칠 뻔했던 위기에 처했었기 때문이었다.

"그 경기가 한창기 감독님에게 교훈이 됐다는 겁니까?"

"맞다. 그래서 달라진 모습을 보이는 거지."

'흥미롭네.'

박건이 우송 선더스 더그아웃 쪽을 힐끗 살폈다.

한창기 감독이 선발투수 조던 픽스를 일찍 강판하고 조원관을 마운드에 올리는 것이 예상외여서일까.

장정훈 감독은 감독석에서 일어나서 그라운드를 주시하고 있었다.

"다행히 명장 코스프레는 관뒀구나. 한창기 감독이 먼저 움직였으니, 이제 장정훈 감독이 움직일 차례다."

그때, 이용운이 흥미로운 목소리로 말했다.

"장정훈 감독님은 어떻게 움직일까요?"

이용운이 대답했다.

"야, 내가 그것까지 어떻게 알아?"

*   *   *

0—1.

4회 초에 청우 로열스는 선제 실점을 했다.

바뀐 투수인 조원관이 무사 2, 3루 상황에서 우송 선더스의 3번 타자 조우종에게 외야플라이를 허용했기 때문이었다.

그렇지만 그 후 조원관은 4번 타자 빅터 스마일을 내야땅볼, 5번 타자 장민섭을 외야뜬공으로 처리하며 추가 실점을 허용하지 않았다.

'투수 교체는… 성공했어.'

무사 2, 3루의 실점 위기를 1실점으로 막아냈으니 한창기 감독의 비교적 이른 투수 교체는 성공한 셈이었다.

이어진 4회 말.

청우 로열스의 반격은 리드오프 고동수부터 시작이었다. 그리고 고동수는 저니 레스터의 초구를 공략했다.

슈악.

틱. 데구르르.

고동수의 선택은 기습번트였다.

저니 레스터가 빠르게 앞으로 대시해서 3루 쪽 선상을 타고 흐르는 번트 타구를 잡자마자, 1루로 송구를 시도하려 했다.

그렇지만 송구를 서두르는 과정에서 발이 미끄러지며 중심이 무너져 버린 탓에, 저니 레스터는 결국 1루로 송구하지 못했다.

저니 레스터가 아쉬운 기색을 드러낸 순간, 이용운이 말했다.

"강영학이 할 수 있는 건 나도 할 수 있다? 고동수, 잘하네."

고동수에 대한 이용운의 칭찬을 들으며 박건이 타석에 들어섰다.

슈아악.

따악.

그리고 박건도 저니 레스터의 초구를 노렸다.

바깥쪽 직구를 노리고 밀어 친 타구는 우익 선상 안쪽에 뚝 떨어졌다.

타다닷.

타다다닷.

1루 주자 고동수는 여유 있게 3루에 안착했고, 전력 질주를 펼친 박건도 슬라이딩을 시도해서 2루에서 세이프 판정을 받았다.

무사 2, 3루로 상황이 바뀐 순간, 장정훈 감독이 더그아웃을 박차고 마운드로 걸어 올라왔다.

'똑같네.'

4회 초의 상황과 거의 흡사하다고 박건이 판단한 순간, 장정훈 감독이 마운드에 도착했다.

'장정훈 감독의 선택은?'

한창기 감독은 무사 2, 3루의 실점 위기에 처하자, 선발투수인 조던 픽스를 교체하는 강수를 두었다.

그래서 엇비슷한 상황에서 장정훈 감독이 어떤 선택을 내릴지 유심히 살피던 박건이 두 눈을 크게 떴다.

"바꾼다."

장정훈 감독 역시 팀의 에이스인 선발투수 저니 레스터를 비교적 이른 시점에 강판하는 결단을 내렸다.

그 사실을 확인하고 박건이 놀란 표정을 지었을 때, 이용운이 말했다.

"한창기 감독이 이겼다."

제9장

저니 레스터를 강판한 장정훈 감독의 선택.

필승조에 속한 양승환이었다. 그리고 양승환은 장정훈 감독
의 기대에 부응했다.

3번 타자 양훈정을 삼진으로 처리하며 첫 번째 아웃카운트
를 잡아낸 후, 앤서니 쉴즈에게는 볼넷을 허용했다. 그리고 1사
만루 상황에서 5번 타자 백선형에게서 유격수 땅볼을 유도해 냈
다.

우송 선더스 내야진이 더블플레이를 완성하면서 양승환은 무
사 2, 3루의 실점 위기를 무실점으로 벗어난 것이었다.

0—1.

청우 로열스가 한 점 뒤진 채로 한국시리즈 1차전은 후반부로
접어들었다.

8회 말 청우 로열스의 공격은 6번 타자 임건우부터 시작이었다.

필승조에 속한 양승환과 윤진수가 각각 2이닝씩을 무실점으로 막아낸 우송 선더스는 8회 말 마운드를 장길태에게 넘겼다.

슈악.

부우웅.

"스트라이크아웃."

8회 말의 선두타자인 6번 타자 임건우와 풀카운트 승부를 펼치던 장길태가 주무기인 체인지업으로 헛스윙 삼진을 잡아냈다.

위력적인 장길태의 투구를 살피던 박건이 한숨을 내쉬며 물었다.

"진 것 아닙니까?"

"오늘 경기를 말하는 것이냐? 아직 두 차례 공격 기회가 남아 있으니까 섣불리 판단하기에는……."

"한창기 감독님요."

"응?"

"아까 한창기 감독님이 장정훈 감독님에게 이겼다고 말씀하셨지 않습니까? 그런데 제가 보기에는 딱히 이긴 것 같지 않은데요."

박건이 말을 마친 순간, 이용운이 입을 뗐다.

"한창기 감독이 이겼다."

이용운이 재차 한창기 감독이 이겼다고 주장하는 것을 들은 박건이 항변했다.

"오히려 장정훈 감독님이 이긴 것 아닙니까? 저니 레스터를 빼르게 강판하고, 필승조인 양승환을 투입한 덕분에 4회 말 무사 2, 3루의 실점 위기를 무실점으로 막아내면서 1차전 승리가 유력해졌으니까요."

패색이 짙게 드리워진 경기를 반추하며 박건이 말을 마치자, 이용운이 대답했다.

"당장은 그렇게 보이지."

"무슨 뜻입니까?"

"봉……."

"봉황과 참새는 빼고 설명해 주시죠."

봉황과 참새가 등장할 타이밍이라는 사실을 본능적으로 간파한 박건이 재빨리 말했다.

"오늘 경기에서는 패할 수도 있다. 그렇지만 한국시리즈 전체를 놓고 큰 그림으로 봤을 때는 한창기 감독이 장정훈 감독을 이겼다. 한창기 감독은 애초에 구상했던 대로 경기를 끌어나가고 있는 반면, 장정훈 감독은 무리수를 뒀거든."

"어떤 무리수요?"

"양승환과 윤진수가 2이닝씩 책임지면서 공을 너무 많이 던졌지. 불펜진의 과부하는 한국시리즈가 진행되는 동안 두고두고 우송 선더스와 장정훈 감독에게 부담과 약점이 될 것이다."

'그럴 수도 있겠네.'

박건이 비로소 이해했을 때, 장길태가 청우 로열스의 7번 타자 이필교를 상대로 체인지업을 던졌다.

슈악.

부우웅.

"스트라이크아웃."

이필교 역시 임건우와 마찬가지로 장길태의 주무기인 체인지업에 전혀 타이밍을 맞추지 못하고 삼진으로 물러났다.

박건이 그 모습을 안타깝게 바라보고 있을 때, 이용운이 말했다.

"그리고 아직 경기 안 끝났다."

"패색이 짙어진 것 같은데요?"

오늘 경기 종료까지 남은 아웃카운트는 고작 넷.

올 시즌 세이브왕을 차지한 우송 선더스의 마무리투수인 이원중이 9회 말에 등판할 것을 감안하면, 동점 내지 역전을 만들 가능성은 많이 낮아진 상태였다.

"아직 모른다니까."

"하지만······."

"단기전의 묘미가 뭔지 아느냐? 미친 선수가 갑툭튀 한다는 데 있다. 아, 갑툭튀란 표현은 정정하마. 세상에 이유 없이 벌어지는 일은 없으니까."

"무슨······?"

"좀 기다려 봐."

이용운의 제지를 받은 박건이 그라운드로 시선을 던졌다.

8회 말, 2사 주자 없는 상황에서 타석으로 8번 타자 배준영이 걸어 들어가는 모습이 보였다.

그 모습을 확인한 박건이 고개를 갸웃했다.

2타수 무안타.

오늘 경기에서 배준영은 안타를 하나도 기록하지 못했다. 그리고 배준영은 타격 능력이 뛰어난 편은 아니었다.

배준영이 트레이드를 통해서 청우 로열스로 이적한 후 기존 유격수였던 구창명을 밀어내고 주전 유격수 자리를 꿰찼던 원동력은 수비가 워낙 뛰어났기 때문이었다.

그래서 박건은 배준영의 타석에서 한창기 감독이 당연히 대타자를 기용할 거라고 예상했다.

그렇지만 한창기 감독은 대타 카드를 꺼내 들지 않았다.

"한창기 감독 잘하네."

그때, 이용운이 웃으며 평가를 꺼냈다.

'왜 잘한다는 거지?'

박건이 재차 고개를 갸웃했을 때였다.

슈악.

부웅.

타석에 들어서 있던 배준영이 장길태의 커브에 전혀 타이밍을 잡지 못하고 크게 헛스윙을 했다.

'타이밍을 맞추기도 힘들 것 같은데.'

배준영의 타격 모습을 보며 박건이 한숨을 내쉬었을 때였다.

슈아악.

장길태가 2구를 던졌다.

포수는 미트를 몸쪽 낮은 코스에 갖다 대고 있었다.

그렇지만 장길태가 구사한 직구는 높았다.

몸쪽 높은 코스로 날아든 직구가 홈플레이트를 통과하는 순간, 배준영의 배트가 매섭게 돌아갔다.

따악.

묵직한 타격음이 흘러나온 순간, 박건이 벌떡 일어났다.

박건만이 아니었다.

더그아웃에서 경기를 지켜보고 있던 청우 로열스 선수들이 모두 벌떡 일어난 것으로 모자라, 더그아웃을 빠져나와서까지 타구의 궤적을 살폈다.

"설마?"

벌떡 일어선 채 타구의 궤적을 살피던 박건이 두 눈을 치켜떴다.

"진짜… 넘어갔다."

외야 펜스를 살짝 넘기고 떨어진 배준영의 타구를 확인한 박건이 두 팔을 높이 들어 올렸다.

배준영은 정규시즌에 기록한 홈런이 단 하나뿐이었을 정도로 장타력을 갖춘 타자가 아니었다.

그런데 한국시리즈 1차전에서 동점을 만드는 극적인 솔로홈런을 터뜨린 것이었다.

타석에 들어서 있던 배준영에게 큰 기대가 없었기에 기쁨이 배가됐다.

짝짝.

그래서 박건이 박수를 치면서 그라운드를 돌고 있는 배준영을 바라보고 있을 때, 이용운이 소리쳤다.

"내가 아까 말했잖아. 단기전의 묘미는 미친 선수가 나오는 데 있다고."

*　　　*　　　*

"친정 팀에 비수를 꽂았구나."

이용운이 무척 흡족한 목소리로 말했다.

'딱 어울리는 표현이네.'

배준영은 트레이드를 통해 청우 로열스로 이적하기 전, 우송 선더스 소속 선수였다.

조일장에 밀려서 주전 유격수 자리를 빼앗겼던 배준영은 청우 로열스로 이적 후 다시 주전 유격수 자리를 꿰차며 좋은 활약을 펼쳤다. 그리고 이적 후 가장 중요한 경기라고 할 수 있는 한국 시리즈 1차전에서 친정 팀인 우송 선더스에게 비수를 아프게 꽂았다.

그래서일까.

장정훈 감독의 표정의 잔뜩 일그러져 있었다.

그리고 고개를 푹 떨구고 있는 사람이 또 한 명 있었다.

바로 배준영에게 동점 솔로홈런을 허용한 장길태였다.

"배준영은 독기를 품었다. 프랜차이즈 스타나 다름없었던 배준영은 우송 선더스에 대한 애정이 컸던 만큼, 트레이드로 청우 로열스로 이적하게 됐을 때 배신감도 컸다. 그래서 본인을 트레이드로 내보낸 것이 실수라는 것을 증명하고 싶었을 것이다. 그리고 한창기 감독은 그런 배준영의 심리 상태를 간파했기 때문에 대타자를 기용하는 대신 그대로 타석에 내보낸 것이었다. 아마 타석에서 상대해야 하는 투수가 장길태라는 것이 한창기 감독이 선택을 내리기 쉽게 만들었을 것이다."

"왜입니까?"

"장길태도 독기를 품었거든."

'그러고 보니 장길태도 삼각 트레이드에 포함됐지.'

우송 선더스는 배준영을 내주는 대신, 장길태를 영입했다.

불펜진이 두텁지 않다는 약점을 메우기 위해서 장정훈 감독이 내린 결단이었다.

그렇지만 장길태는 장정훈 감독의 기대에 부응하지 못했다.

트레이드를 통해 우송 선더스로 이적한 후, 장길태는 부상과 부진으로 인해 팀에 거의 도움이 되지 못했다.

트레이드 맞상대인 배준영이 청우 로열스로 이적 후 좋은 활약을 펼친 것이, 장길태의 부진을 더욱 도드라지게 만들었다.

그로 인해 장길태는 우송 선더스 팬들에게서 환영받지 못하고 오히려 비난을 받았다.

그렇지만 장길태는 우송 선더스가 준플레이오프와 플레이오프를 거치는 과정에서 반전 투구를 펼쳤다.

그 덕분에 팬들의 비난을 어느 정도 잠재우며 한국시리즈 엔트리에 포함됐다.

그런 장길태에게 한국시리즈는 본인을 향한 모든 비난을 잠재울 수 있는 기회의 장.

더구나 타석에 들어서 있는 상대가 바로 배준영이었으니, 더욱 독기를 품었으리라.

'두 선수 다 독기를 품었는데… 왜 배준영이 이겼지?'

잠시 후 박건은 그 질문에 대한 답을 찾아왔다.

'더 잘 던져야 한다.'

이런 욕심이 생길 경우, 투수는 자신도 모르는 사이 몸에 힘이 들어간다. 그리고 몸에 힘이 들어가면 제구가 흔들리며 실투가 나오는 법.

이것이 장길태가 배준영을 상대하는 과정에서 실투를 던졌던 이유였다.

"아까 내가 단기전에서 미친 선수는 갑자기 툭 튀어나오는 게 아니라고 했지?"

"세상에 아무런 이유 없이 벌어지는 일은 없다고 말씀하셨죠."

"그래. 단기전에서 미친 선수가 나오는 데는 필요조건이 있다. 바로 감독의 직감과 믿음이다. 배준영이 독기를 품은 채 오늘 경기에 나섰다. 분명히 오늘 경기에서 뭔가를 할 것 같다. 이런 직감이 들어맞을 거라는 믿음을 바탕으로 인내심을 가지고 선수에게 계속 기회를 줄 때 미친 선수가 나올 수 있거든."

이용운의 설명을 모두 들은 후, 박건이 고개를 돌렸다.

그런 박건의 눈에 양손을 상의 주머니에 꽂은 채 그라운드를 응시하고 있는 한창기 감독의 모습이 들어왔다.

배준영에 대한 믿음이 극적인 동점 홈런이라는 보상으로 돌아온 상황.

그럼에도 불구하고 한창기 감독은 흥분하지 않았다.

착 가라앉은 눈으로 그라운드를 응시하고 있었다.

'진짜 명장이 돼가고 있어.'

치열한 접전이 펼쳐지고 있는 경기의 분위기에 휩쓸리지 않고 냉정하게 상황을 바라보는 것.

명장의 필수 조건 중 하나였다.

그리고 하나 더.

한창기 감독은 실패를 반복하지 않았다.

지난 실패를 곱씹으며 교훈을 얻고 한 단계 더 성장했다.

잠시 후, 한창기 감독이 고개를 돌렸다. 그리고 박건과 시선이 마주친 순간, 그가 감독석에서 일어났다.

그런 그는 박건에게 손짓하는 대신, 직접 걸어왔다.

"할 말이 있다."

"왜 부르시지 않고……?"

"내가 네게 부탁하는 입장이거든."

잠시 후, 한창기 감독이 덧붙였다.

"아무래도 네게 했던 약속을 못 지킬 것 같다."

* * *

'무슨 약속을 말하는 거지?'

박건이 서둘러 기억을 더듬었다. 그리고 얼마 지나지 않아 한창기 감독이 자신에게 했던 약속을 떠올리는 데 성공했다.

"갑자기 너무 큰 부담을 안겨줘서 미안하다. 그리고 고맙다. 약속하마. 다시는 이런 부담을 주지 않겠다고."

박건이 대승 원더스와의 정규시즌 경기에 투수로 출전해 무사 만루의 위기를 무실점으로 막고 내려왔을 때, 한창기 감독이 미안한 표정으로 건넸던 이야기였다.

'그 약속을 못 지킨다는 건……'

잠시 후 박건이 두 눈을 빛냈다.

한창기 감독이 한국시리즈에서 자신을 다시 투수로 기용하겠다는 의미였기 때문이었다.

'나도 바라던 바야.'

한국시리즈 1차전이 열리는 청우 로열스 홈구장에는 오늘도 메이저리그 구단 스카우터들이 잔뜩 모여들어 있었다.

박건이 다시 마운드에 올라서 호투한다면, 그들에게 강렬한 인상을 남길 수 있을 것이었기 때문이었다.

그리고 꼭 그 이유 때문만이 아니었다.

마운드에 대한 갈증이 있었다.

구속 150㎞가 넘는 직구를 던져 상대 타자를 힘으로 윽박지르며 헛스윙 삼진으로 돌려세울 때의 짜릿한 쾌감을 다시 느끼고 싶었다.

그때였다.

"내가 걱정할 것 없다고 말하지 않았느냐? 상황이 변하면 한창기 감독이 약속을 어길 가능성이 크다는 내 말이 이번에도 맞았지?"

어김없이 생색을 내던 이용운이 덧붙였다.

"한창기 감독은 진짜 좋은 감독이 됐구나."

"큼, 크흠."

헛기침을 하며 입을 가린 채 박건이 재빨리 물었다.

"왜 그렇게 판단하신 겁니까?"

"경기에서 이기기 위해서 감독이 선수에게 본인의 실수를 인정하고 부탁하는 것. 절대 쉬운 일이 아니거든."

이용운이 칭찬을 마쳤을 때, 한창기 감독이 말했다.

"비밀 병기를 활용해야겠다."

"비밀 병기…요?"

"네 입으로 직접 밝혔잖아, 박건이란 선수가 청우 로열스의 비밀 병기라고."

'봤네.'

한창기 감독이 '비밀 병기'라는 용어를 사용하는 것.

박건이 출연했던 '너와 나, 우리의 야구'를 봤다는 증거였다.

괜히 쑥스럽게 느껴져서 박건이 뺨을 붉혔을 때, 한창기 감독이 덧붙였다.

"청우 로열스의 통합 우승을 위해서 비밀 병기를 이번 시리즈에서 최대한 활용하고 싶다. 그래도 될까?"

한창기 감독이 지시를 내리는 대신 부탁을 한 순간, 박건이 힘주어 대답했다.

"기다리고 있었습니다."

*   *   *

1─1.

한국시리즈 1차전은 연장으로 접어들었다.

10회 말, 청우 로열스의 공격은 5번 타자 백선형부터 시작이었다.

9회 말부터 마운드를 지킨 우송 선더스의 마무리투수 이원중은 첫 타자 백선형과 풀카운트 승부를 펼쳤다.

슈악.

이원중이 6구째로 던진 바깥쪽 슬라이더는 조금 높았다.

따악.

백선형의 배트가 매섭게 돌아간 순간, 더그아웃에 있던 모든 선수들이 벌떡 일어났다.

우중간으로 날아가는 타구의 비거리는 길었다.

그렇지만 아쉽게도 마지막 순간에 뻗지 못했다.

우송 선더스의 우익수가 펜스 바로 앞에서 타구를 잡아낸 순간, 더그아웃에서 지켜보던 선수들이 아쉬운 탄식을 내뱉었다.

백선형의 타구가 끝내기홈런이 될 것을 기대하고 벌떡 일어났던 관중들도 아쉬운 기색을 감추지 못했다.

반면 자칫 잘못했으면 끝내기홈런을 허용할 뻔했던 이원중은 타구가 펜스 앞에서 잡히는 것을 확인한 후 길게 안도의 한숨을 내쉬었다.

1사 주자 없는 상황에서 6번 타자 임건우가 타석에 들어섰다.

슈악.

따악.

그리고 임건우는 이원중이 초구로 던진 슬라이더를 잡아당겨서 내야를 빠져나가는 우전안타를 빼앗아냈다.

"장정훈 감독이 움직일 것이다."

임건우가 출루하면서 1사 1루로 상황이 바뀐 순간, 이용운이 말했다.

그 이야기를 들은 박건이 맞은편 더그아웃을 살폈다.

그런 박건의 눈에 더그아웃을 박차고 나와 마운드를 방문할

채비를 하는 장정훈 감독의 모습이 보였다.

'투수 교체는 없을 거야.'

그 모습을 살피던 박건이 떠올린 생각이었다.

에이스인 저니 레스터를 4회 초에 강판한 후, 장정훈 감독은 이른 타이밍에 필승조에 속한 불펜투수들을 활용했다.

양승환과 윤진수, 그리고 장길태까지.

필승조에 속한 불펜투수들을 총동원해서 한 점 차의 리드를 지킨 후, 마무리투수인 이원중을 올려서 경기를 마무리하는 것이 장정훈 감독이 그렸던 한국시리즈 1차전 게임 플랜이었다.

그렇지만 8회 2사 후에 장길태가 배준영에게 동점 솔로홈런을 허용하면서 장정훈 감독의 계획은 어그러졌다.

경기는 연장으로 접어들었고, 장정훈 감독은 마무리투수인 이원중을 9회 말부터 마운드에 올렸다. 그리고 1과 1/3이닝을 던진 이원중을 벌써 교체하기는 어려울 거라고 박건은 판단했다.

우송 선더스에 남아 있는 불펜투수 자원 가운데 믿을 수 있는 투수가 없었기 때문이었다.

그렇지만 박건의 예상은 빗나갔다.

이원중에게 조언하며 진정시키기 위해서 마운드를 방문한 것이라 여겼던 장정훈 감독은 투수 교체를 단행했으니까.

"왜… 이원중을 교체하는 거지?"

박건이 깜짝 놀랐을 때, 이용운이 말했다.

"불안하거든."

"이원중이 불안하다는 겁니까?"

"그래. 10회 말의 첫 타자인 백선형을 외야플라이로 처리하긴 했지만, 조금만 더 뻗었다면 끝내기홈런이 됐을 정도로 큰 타구였다. 그리고 임건우에게 우전안타를 허용했을 때도 슬라이더가 높게 형성됐다. 실투성 공이었지. 준플레이오프와 플레이오프를 거치면서 이원중은 계속 한 점 차 박빙의 승부에서 등판했다. 그 과정에서 피로가 쌓였던 거지. 체력이 떨어져서 실투가 나오는 이원중으로 계속 끌고 가는 것은 위험하다. 이렇게 판단했기 때문에 장정훈 감독은 투수 교체를 단행한 거야."

이용운의 분석은 정확했다. 그럼에도 불구하고 박건이 고개를 갸웃한 이유는 이원중보다 더 믿음직한 불펜투수가 우송 선더스에 남아 있지 않았기 때문이었다.

그때였다.

"서광현?"

마운드로 걸어 올라오는 투수가 서광현이라는 사실을 알아챈 박건이 두 눈을 치켜떴다.

예상 범위를 훌쩍 벗어나는 투수 교체였기 때문이었다.

"장정훈 감독은 80%에 육박하는 한국시리즈 우승 확률을 차지하기 위해서 서광현을 올리는 승부수를 던졌다."

팀의 토종 에이스이자 3선발인 서광현을 한국시리즈 1차전에 불펜투수로 기용하는 것.

방금 이용운의 표현처럼 승부수였다.

'이 승부수가 통할까?'

박건이 서광현에게서 시선을 떼지 못하고 있을 때, 이용운이 덧붙였다.

"결과적으로는 패착이 될 확률이 높다."

　　　　　*　　　　　*　　　　　*

　슈아악.

　서광현의 손에서 공이 떠난 순간, 배준영이 이를 악물고 배트를 휘둘렀다.

　부우웅.

　그렇지만 배준영이 휘두른 배트는 허공을 갈랐다.

　"스트라이크아웃."

　이필교에 이어 배준영까지 연속 삼진으로 잡아내며 이닝을 마무리한 서광현이 주먹을 불끈 움켜쥐며 포효했다.

　153㎞.

　배준영에게 헛스윙 삼진을 만들어낸 직구의 구속이 찍힌 전광판을 확인한 박건이 수비위치로 나섰다.

　조던 픽스와 조원관, 백철기, 그리고 손태민이 이어 던졌던 청우 로열스의 마운드로 차윤수가 올라오는 모습이 보였다.

　부상 복귀 후 첫 경기.

　아직 실전 감각이 올라오지 않아서일까.

　차윤수는 첫 타자와의 승부에서 어려움을 겪었다.

　슈악.

　우송 선더스의 8번 타자 조일장과 풀카운트 승부 끝에 차윤수가 던진 싱커는 스트라이크존을 크게 벗어났다.

　"볼넷."

　조일장이 볼넷으로 출루하자, 장정훈 감독은 바로 대주자를 기용했다.

그리고 무사 1루에서 타석에 들어선 정태훈은 희생번트를 댔다.

틱. 데구르르.

정태훈이 침착하게 희생번트를 성공시키며, 1사 2루로 상황이 바뀌었다. 그리고 차윤수는 강영학과 승부를 펼쳤다.

슈아악.

차윤수가 강영학을 상대로 던진 초구는 직구.

그렇지만 너무 높았다.

사인을 주고받았던 바깥쪽 낮은 코스가 아닌 타자의 머리 높이로 들어온 높은 직구에 포수인 김천수는 깜짝 놀랐다.

팡.

김천수가 벌떡 일어나며 들어 올린 미트 끝부분에 공이 들어갔다.

아니, 들어갔다는 표현보다는 운 좋게 미트 끝부분에 걸렸다고 표현하는 편이 더 옳았다.

차윤수가 미안한 기색으로 손을 들어 사과하는 것을 지켜보던 박건의 표정이 굳어졌다.

'제구가 안 돼. 교체하는 편이 낫지 않을까?'

아직 청우 로열스 불펜에는 라이언 벤슨이 남아 있었다. 그래서 투수 교체를 하는 편이 나을 거라고 생각하며 박건이 더그아웃 쪽을 살폈다.

그렇지만 한창기 감독은 어떤 움직임도 없었다.

그때, 차윤수가 2구째로 싱커를 던졌다.

슈악.

타자의 배트를 끌어낼 요량으로 던진 싱커였지만, 너무 일찍 떨어졌다.

원바운드를 일으키며 홈플레이트를 통과한 공을 블로킹하기 위해서 김천수가 미트를 갖다 댔다.

그렇지만 미트 끝에 맞고 공이 뒤로 흘렀다.

그리고 2루 주자는 기회를 놓치지 않고 빠르게 판단을 내리고 3루로 내달렸다.

뒤로 빠뜨렸던 공을 재빨리 잡아낸 김천수가 3루로 송구할 자세를 취했지만, 결국 송구를 포기했다.

타이밍이 늦었다고 판단했기 때문이었다.

차윤수의 폭투가 나오면서 1사 2루였던 상황이 1사 3루로 바뀌었다.

이제는 안타가 아닌, 깊숙한 외야플라이만 나와도 실점을 허용하는 상황.

그만큼 실점 확률이 늘어난 셈이었다.

'지금 실점하면 오늘 경기를 패할 확률이 높다.'

박건이 초조한 표정으로 여전히 움직이지 않는 한창기 감독을 바라보았다.

'오늘 경기를 포기한 건가?'

더그아웃으로 향해 있던 시선을 돌린 박건이 차윤수를 불안하게 바라보고 있을 때, 이용운이 말했다.

"한창기 감독, 뚝심 있네."

"뚝심이 아니라 고집이 아닐까요?"

"한창기 감독도 승부수를 던졌다. 이 승부수가 통하면 청우 로열스는 의외로 쉽게 통합 우승을 차지할 수도 있다."

'정말 그럴까? 오히려 통합 우승을 놓치게 되는 게 아닐까?'

박건이 여전히 불안한 기색을 지우지 못하고 있을 때, 차윤수 가 3구째 공을 던졌다.

슈아악.

143㎞의 직구가 홈플레이트를 통과했다.

"스트라이크."

주심이 스트라이크를 선언했지만, 박건은 웃지 못했다.

'제구가 안 돼.'

김천수는 미트를 바깥쪽 낮은 코스에 갖다 대고 있었다.

그렇지만 차윤수가 던진 직구는 거의 한가운데 코스로 들어 갔다.

강영학이 놓친 것이 다행이었을 정도로 실투성 직구였다.

실제로 강영학은 주먹으로 헬멧을 두드리면서 한가운데 직구 를 그냥 흘려보냈던 것을 무척 아쉬워하고 있었다.

2볼 1스트라이크 상황에서 차윤수가 4구를 던졌다.

슈악.

'몰렸다!'

역시 가운데로 몰린 싱커를 확인한 박건의 표정이 굳어졌을 때였다.

딱.

강영학이 힘껏 휘두른 배트 상단 부근에 맞은 타구가 높이 솟구쳤다.

낙구 지점을 예측하며 원래 수비위치에서 약 두 걸음 정도 앞으로 움직인 박건이 혀를 내밀어 마른 입술을 축였다.

'못 뛸 거야.'

박건의 어깨가 강하다는 사실은 이미 소문이 나 있었다.

게다가 강영학이 때린 외야플라이는 얕은 편이었다.

그래서 태그업을 시도하지 못할 거라고 판단했을 때였다.

"태그업을 할 거다."

'태그업을 한다고?'

이용운의 판단은 박건과 달랐다.

"이번이 득점을 올릴 마지막 기회라고 판단하고 있을 테니까."

박건이 들어 올리고 있던 글러브 속으로 타구가 들어왔다.

타다닷.

쉬이익.

이용운의 예상처럼 3루 주자가 태그업을 시도한 순간, 박건이 홈으로 송구했다.

*   *   *

1-1.

여전히 균형을 이룬 채, 한국시리즈 1차전 경기는 11회 말로 접어들었다.

"박건, 고맙다."

정확하고 강한 홈송구로 보살을 기록한 박건이 더그아웃으로 뛰어왔을 때, 기다리고 있던 차윤수가 감사 인사를 건넸다.

"당연한 겁니다."

박건이 멋쩍게 웃으며 대답한 후, 가쁜 숨을 골랐다.

'진짜 태그업을 시도했어.'

강영학이 얕은 외야플라이를 때려냈을 때, 3루 주자가 태그업을 시도할 거라고 이용운은 예상했다.

그렇지만 박건은 반신반의했다.

너무 무모하다고 판단했기 때문이었다.

그런데 결과적으로는 이용운의 예상이 적중했다.

3루 주자는 태그업을 시도했고, 박건의 강하고 정확한 홈송구로 인해 홈승부를 펼치던 도중 아웃을 당했다.

'왜 태그업을 시도했을까?'

실점 위기를 넘기고 더그아웃으로 돌아온 후에도 박건은 여전히 그 과정이 잘 이해가 가지 않았다.

너무 무모한 시도였다는 의문이 여전히 머릿속을 떠나지 않았기 때문이었다.

그런 박건이 떠올린 것은 이용운이 꺼냈던 득점을 올릴 마지막 기회라는 말이었다.

'왜 마지막 기회라고 판단한 거지?'

박건의 생각이 거기까지 미쳤을 때였다.

"왜 멍하니 있어?"

이용운이 타박했다.

"아무리 생각해 봐도 잘 이해가 안 가서요."

박건이 대답하자, 이용운이 물었다.

"왜 강영학의 얕은 외야플라이에 3루 주자가 무리하게 태그업을 시도해서 득점 기회를 허무하게 날렸는지가 이해가 안 가는 거지?"

"그렇습니다."

"장정훈 감독은 득점을 올릴 마지막 기회라고 판단했다니까."

"왜요?"

"엄청난 투수가 차윤수의 뒤에 대기하고 있다는 것을 장정훈 감독은 알고 있거든."

"엄청난 투수요?"

"그래."

"그 엄청난 투수가 라이언 벤슨인가요?"

청우 로열스에 남아 있는 불펜투수는 라이언 벤슨뿐이었다. 그래서 박건이 묻자, 이용운이 되물었다.

"라이언 벤슨이 엄청난 투수야?"

"그건… 아니죠."

수준급 불펜투수.

선발투수로 활약하다가 정규시즌 후반부터 불펜투수로 출전한 라이언 벤슨에 대한 평가였다.

엄청난 투수와는 거리가 있었다.

"그럼… 엄청난 투수는 대체 누굽니까?"

박건이 다시 질문하자, 이용운이 대답했다.

"비밀 병기 박건."

'내가… 엄청난 투수라고?'

박건이 당혹스러운 기색을 감추지 못하고 드러냈다.

엄청난 투수가 바로 자신이란 사실이 믿기지 않아서였다.

그와 동시에 마치 당연하다는 듯이 의심이 깃들었다.

'왜 이래?'

이용운은 평소 칭찬에 인색한 편이었다. 그런데 엄청난 투수라는 수식어를 붙인 것이 잘 이해가 안 가는 것이었다.

"농담…이시죠?"

해서 박건이 묻자, 이용운이 대답했다.

"농담한 적 없다."

"그럼 진심이란 뜻입니까?"

"물론이지."

이용운이 재차 확인해 주었지만, 박건은 여전히 순순히 믿기 어려웠다.

'엄청난 투수'라는 수식어를 얻기에는 투수 박건이 보여준 것이 너무 없었기 때문이었다.

'올 시즌에 딱 한 차례 등판해서 고작 세 타자를 상대한 것이 전부야.'

물론 그 한 차례의 등판에서 무척 강렬한 인상을 남기기는 했지만, '엄청난 투수'라는 수식어를 얻기에는 부족하다고 박건이 판단했을 때였다.

"공포영화, 좋아하냐?"

이용운이 불쑥 질문했다.

'또 이상한 질문하네.'

그 질문을 들은 박건이 한숨을 내쉬었다.

이용운이 가끔씩 이런 맥락 없는 질문을 던지는 것을 몇 차례 경험한 적이 있었기 때문이었다.

"제일 무서운 공포영화가 어떤 건지 알아?"

"음, 귀신이 자주 등장하는 공포영화가 아닐까요?"

박건이 생각나는 대로 대답하자, 이용운이 말했다.

"그러고 보니 후배도 참 안 됐군."

"왜요?"

"매일 공포영화를 찍잖아."

'매일 공포영화를 찍는다? 그런 셈이긴 하네.'

박건에게는 이용운이라는 귀신이 들러붙어 있는 상황.

그러니 아주 틀린 말은 아니란 생각이 들었을 때였다.

"그런데 별로 안 무섭지?"

"이상하게 안 무섭네요."

박건이 순순히 대답했다.

이용운의 귀신이 들러붙었다는 사실을 처음 알게 됐을 때는 조금 무서웠다. 그렇지만 그 후로 꽤 많은 시간이 흐른 지금은 전혀 무섭지 않았다.

오히려 이용운이 아무런 말을 하지 않고 조용히 있으면 허전하게 느껴질 정도였다.

"왜 안 무서운지 알아?"

"음, 영혼의 파트너라서요?"

"자주 봐서야."

"……?"

"아까 후배의 대답은 틀렸다. 귀신이 많이 나오는 공포영화보다 귀신이 거의 등장하지 않는 공포영화가 훨씬 더 무섭다. 왜 그런 것 있잖아? 귀신이 있다는 건 다 알고 있는데 눈에 보이지는 않고, 언제 갑자기 귀신이 등장할지 몰라서 조마조마한 케이스 말이야."

'그럴 수도 있겠네.'

박건이 수긍했다.

인간은 적응의 동물.

아무리 무섭게 생긴 귀신이라고 해도 자꾸 보다 보면 익숙해지게 마련이었다.

이용운도 마찬가지였다.

이용운이 귀신이긴 하지만, 시도 때도 없이 대화를 나누다 보니 어느새 익숙해져서 전혀 무섭게 느껴지지 않았다.

"원래 눈에 보이지 않을 때, 공포가 극대화되는 법이다."

'눈에 보이지 않을 때, 공포가 극대화된다?'

박건이 그 말을 속으로 되뇌고 있을 때, 이용운이 덧붙였다.

"투수 박건도 공포영화와 비슷하다."

"제가… 공포영화에 비견될 정도로 무서운 존재입니까?"

"장정훈 감독의 입장에서는 무서울걸."

"왜요?"

"투수 박건의 지난 등판이 워낙 강렬한 인상을 남겼거든. 아까도 말했듯이 눈에 보이지 않을 때, 공포가 극대화되는 법이다."

"……?"

"투수 박건이 선보인 투구가 단 한 차례뿐이라는 것이 장정훈 감독을 두렵게 만들었다. 그 한 차례의 등판에서 그렇게 대단한 투구를 보였던 박건이 다시 마운드에 올랐을 때 얼마나 엄청난 투구를 펼칠까? 이런 두려움에 떨고 있을 테니까. 봐라. 지금도 후배한테서 눈을 못 떼잖아."

'정말 그런가?'

박건이 맞은편 더그아웃 쪽으로 고개를 돌렸다. 그리고 이용운의 말처럼 장정훈 감독은 박건에게서 시선을 떼지 못하고 있었다.

"청우 로열스의 비밀 병기인 투수 박건이 언제 다시 마운드에 오를까? 지금 장정훈 감독의 모든 신경은 여기에 쏠려 있다. 그리고 투수 박건이 마운드에 오르면 우송 선더스 타자들이 공략하는 것은 불가능하다. 이렇게 판단하고 있기 때문에 아까 무리하게 느껴지는 태그업을 지시했던 것이다."

박건이 비로소 이용운의 설명을 이해했다.

"문득 빈 수레가 더 요란한 법이라는 속담이 생각나네요."

"딱 적당한 비유구나. 원래 빈 수레가 더 요란한 법인데 장정훈 감독은 그걸 몰라. 빈 수레에서 요란한 소리가 나기 때문에 겁에 질려 버린 거지."

"그럼……."

"가장 좋은 건 빈 수레라는 것을 들키지 않는 것이지."

"어떻게요?"

"후배가 등판하지 않으면 빈 수레라는 것을 장정훈 감독은 계속 모르게 되겠지."

"그 말씀은… 이번 이닝에 끝내야 한다는 뜻이군요."

박건이 자신 있는 목소리로 대답하자, 이용운이 입을 뗐다.

"그나저나 좀 이상한데?"

"뭐가 이상한 겁니까?"

"후배가 갑자기 똑똑해진 것 같아."

박건이 만족스레 웃으며 입을 뗐다.

"예전의 제가 아닙니다."

제10장

슈아악.

서광현의 손을 떠난 공이 포수의 미트에 틀어박혔다.

"스트라이크."

주심이 스트라이크를 선언한 순간, 한창기가 끼고 있던 팔짱을 풀었다.

"154km?"

전광판에 찍혀 있는 서광현의 직구 구속을 확인하자, 손바닥에서 땀이 나는 것은 어쩔 수 없었다.

"컨디션이 최상이로군."

10회 말부터 마운드에 오른 서광현의 컨디션은 무척이나 좋았다.

슈악.

서광현이 던진 3구째 구종은 체인지업.

타석에 서 있던 고동수는 전혀 타이밍을 맞추지 못했다.

"스트라이크아웃."

고동수가 삼구삼진을 당하며, 11회 말 청우 로열스의 공격은 2사 주자 없는 상황으로 바뀌었다.

"네 타자 연속 삼진이로군."

7번 타자 이필교부터 1번 타자 고동수까지.

서광현은 10회 말 1사 1루 상황에서 마운드에 오른 후, 현재까지 상대한 네 명의 타자를 모두 삼진으로 돌려세웠다.

"공략이 쉽지 않겠어."

서광현의 컨디션이 최상인 만큼, 그를 공략해서 점수를 뽑아내는 것이 쉽지 않을 거란 생각이 들었다.

그럼에도 불구하고 한창기의 표정은 어둡지 않았다.

"어쨌든 1차전에 서광현을 끌어냈으니까."

설령 한국시리즈 1차전을 내준다고 하더라도 우송 선더스의 3선발인 서광현을 끌어냈으니, 사실상 1차 목표는 달성한 셈이었다.

3선발이자 토종 에이스인 서광현을 한국시리즈 1차전에 불펜 투수로 활용한 것.

우송 선더스 입장에서는 시리즈 내내 부담이 될 것이었다.

잠시 후, 한창기의 시선이 타석을 향해 걸어가는 박건에게 향했다.

"설령 오늘 경기를 내준다고 해도 투수 박건은 쓰지 않는다."

이건 일찌감치 결정한 부분.

타석으로 들어서고 있는 박건을 바라보며 한창기가 부탁하듯 혼잣말을 꺼냈다.

"투수 박건 못지않게 타자 박건도 무서운 존재라는 걸 보여줬으면 좋겠는데……."

*　　　　　*　　　　　*

슈아악. 팡.

서광현이 초구로 던진 직구가 포수가 갖다 대고 있던 미트에 정확히 틀어박혔다.

"스트라이크."

'제구가 완벽하네.'

박건이 속으로 감탄하고 있을 때, 이용운이 물었다.

"왜 안 쳐?"

"안 친 게 아니라 못 친 겁니다."

"응?"

"154㎞의 구속을 기록한 직구가 바깥쪽 낮은 코스로 완벽하게 제구 된 채 들어왔습니다. 이 공은 아무리 잘 쳐봐야 외야플라이밖에 안 됐을 겁니다."

박건의 의견에 수긍한 걸까.

이용운이 반박하는 대신 다시 구종 예측을 했다.

"이번에는 체인지업이 들어올 거다."

"제 생각은 다른데요."

"응?"

"포크볼을 던질 겁니다."

"포크볼?"

"네."

"갑자기 무슨 포크볼이야? 체인지업이 들어올 거라니까."

"두고 보시죠."

박건과 이용운의 의견이 엇갈렸을 때, 서광현이 와인드업을 했다.

슈악.

바깥쪽 낮은 코스로 파고들던 공이 마지막 순간, 뚝 떨어졌다.

"볼."

무척 각이 예리한 포크볼을 잘 참아낸 박건이 고개를 끄덕였다.

"제가 맞았죠?"

"……."

"왜 대답이 없으신 겁니까?"

"어떻게… 포크볼이 들어올 것을 알았지?"

자신의 구종 예측이 틀렸고 박건의 구종 예측이 맞았다는 사실을 알게 된 이용운이 침통한 목소리로 물었다.

그 질문을 받은 박건이 웃으며 대답했다.

"알 것 없습니다."

*   *   *

"직구!"

아까의 실수를 만회하고 싶은 걸까.

이용운이 3구째 구종을 예측한 순간, 박건이 고개를 흔들며 입을 뗐다.

"슬라이더가 들어올 겁니다."

"직구가 아니라 슬라이더?"

"네."

"어디 두고 보자."

"두고 보시죠."

잠시 후, 와인드업을 마친 서광현의 손에서 공이 떠났다.

슈악.

그 순간, 박건이 힘껏 배트를 휘둘렀다.

따악.

경쾌한 타격음과 함께 쭉 뻗어 나간 타구를 우익수가 열심히 쫓기 시작했다.

1루로 향해 달려가던 박건이 이내 걸음을 멈췄다.

폴대를 약 3미터가량 벗어난 파울홈런이 됐다는 사실을 알아챘기 때문이었다.

'타이밍이 늦었어.'

파울홈런이 된 원인을 찾기 위해서 박건이 전광판을 살폈다.

142km.

전광판에 찍혀 있는 구속을 확인한 박건이 속으로 혀를 내둘렀다.

서광현이 구사한 슬라이더의 구속이 140㎞대 초반이란 것을 확인했기 때문이었다.

'이러니 타이밍이 밀렸지.'

서광현이 구사한 슬라이더의 구속.

어지간한 투수의 직구 구속보다 더 빨랐다.

'평소보다 더 빨라.'

서광현의 평균 직구 구속은 150㎞대 초반.

슬라이더의 평균 구속은 130㎞대 후반이었다.

그런데 오늘 경기에서는 두 구종의 구속이 대략 5㎞가량 더 빨라져 있었다.

서광현의 컨디션이 그만큼 좋다는 증거였다.

'역시 공략이 쉽지 않아.'

박건이 타석으로 돌아오며 생각할 때였다.

"왜… 직구가 아니라 슬라이더를 던졌지?"

이용운의 구종 예측이 두 번 연속 틀린 상황.

반면 박건의 구종 예측은 두 번 연속으로 적중했다.

그로 인해 충격을 받았기 때문일까.

이용운의 목소리는 가늘게 떨리고 있었다.

잠시 후, 이용운이 다시 말했다.

"소가 뒷걸음질 치다가 쥐를 잡은 셈이겠지."

"쥐를 두 마리나 잡았네요."

"……?"

"뒷걸음질 치다가 쥐를 두 마리나 잡아도 우연이라고 판단하신다는 뜻이죠? 그럼 쥐를 세 마리 잡으면 우연이 아니란 걸 인정하실 겁니까?"

"좋다. 다음에 들어올 구종이 뭐라고 생각하느냐?"

"서광현은 4구째로 직구를 던질 겁니다."

"직구?"

"선배님 생각은 다른가 보군요."

"그래. 서광현은… 포크볼을 구사할 것이다."

"어디 두고 보시죠."

박건이 배트를 고쳐 쥐며 마운드에 서 있는 서광현을 바라보았다.

슈아악.

와인드업을 마친 서광현의 손에서 공이 떠난 순간, 박건이 두 눈을 빛냈다.

'바깥쪽 직구.'

예상대로 직구가 들어온 순간, 박건이 망설이지 않고 힘껏 배트를 휘둘렀다.

따악.

박건은 묵직한 타격음에 귀를 기울이지 않았다.

지이잉.

대신 배트를 쥐고 있던 손바닥에 전해진 울림의 강도에 집중했다.

*   *   *

'난청으로 인한 청력의 문제를 극복할 수 있는 방법이 없을까?'

박건에게 주어졌던 숙제였다.

그 숙제를 해결하기 위해서 고민하던 박건이 찾아낸 답은 통각이었다.

'이 정도 울림의 강도라면?'

난청이 심해진 순간, 박건은 소리에 의존하는 습관을 의도적으로 버렸다.

대신 청각이 무뎌지게 되자, 좀 더 예민해진 통각에 집중했다.

배트의 손잡이 근처에 타구가 맞았을 때, 배트의 끝부분에 타구가 맞았을 때, 그리고 배트 중심에 정확히 타구가 맞았을 때.

배트를 쥐고 있는 손바닥에 전해지는 울림의 강도는 매번 달랐다.

그 울림의 강도를 통해서 박건은 타구의 궤적과 비거리를 비교적 정확히 유추할 수 있게 된 것이었다.

그리고 이번에 타격을 했을 때 배트를 쥔 손바닥에 전해지는 울림의 강도라면……

'애매하다!'

구종 예측은 적중한 상황.

박건은 끝내기홈런을 노리고 스윙을 가져갔다.

그렇지만 배트를 쥔 손에 전해지는 울림의 강도는 표현 그대로 애매했다.

'외야 펜스를 넘길 수도, 넘기지 못할 수도 있다.'

오른손 타자에게 가장 먼 바깥쪽 꽉 찬 낮은 코스의 스트라이크존에 살짝 걸쳤을 정도로 서광현의 제구는 완벽했다.

또, 서광현의 공에는 힘이 있었다.

그래서 끝내기홈런이 됐다는 확신을 갖지 못한 순간, 박건이 배트를 내던지고 1루로 전력 질주 하기 시작했다.

탁.

1루 베이스를 통과한 박건이 속도를 더 높이며 2루로 내달렸다.

"왜 내 예측이 또 틀렸지?"

그런 박건의 귓가로 이용운의 목소리가 들렸다.

충격이 큰 듯, 이용운의 목소리는 무척 침통했다.

"대체 어떻게 직구가 들어올 것을 알아냈느냐?"

잠시 후, 이용운이 다시 질문을 던졌다.

"나중에 알려 드리죠."

전력 질주를 하던 박건이 서둘러 대답했다.

"나중에 언제?"

"지금 그게 중요한 게 아닙니다."

"그럼 뭐가 중요한데?"

"중계플레이 상황을 알려주십시오."

"후배가 직접 보면서 확인하면 되잖아?"

"설명할 시간이 없습니다. 그냥 시키는 대로 알려주시죠."

탁.

박건이 2루 베이스를 통과하며 이용운의 이야기에 귀를 기울였다.

'말리지 않는다?'

이용운이 만류하지 않는다는 사실을 깨달은 박건이 속도를 줄이지 않은 채 3루로 달리기 시작했다.

그 와중에 이용운이 우송 선더스 수비진의 중계플레이 과정을 알려주기 시작했다.

"우중간을 정확히 반으로 가른 타구가 펜스까지 굴러갔다. 우익수와 중견수가 펜스 앞에 도착했고, 우익수가 공을 잡았… 아니, 중견수가 공을 잡았다. 거의 동시에 펜스 앞에 도착했기 때문에 서로 미루느라 약간 지체한 것 같다."

'딜레이가 있었다는 뜻.'

3루 베이스 근처에 도착한 박건의 눈에 3루 주루코치가 여유 있게 양팔을 들어 올리는 것이 보였다.

'슬라이딩을 할 필요가 없다는 뜻이군.'

그때, 이용운의 이야기가 이어졌다.

"2루수가 송구를 잡아서 여유 있게……."

탁.

박건이 3루 주루코치의 지시대로 슬라이딩을 하는 대신 서서 3루로 들어갔다.

그렇지만 박건은 3루에서 멈추지 않고 그대로 통과했다.

타다닷.

박건이 속도를 줄이지 않고 3루를 통과하는 것을 확인한 3루 주루코치가 깜짝 놀라서 팔을 힘껏 흔들었다.

3루에서 멈추라는 지시.

그렇지만 박건은 3루 주루코치의 지시를 무시하고 홈으로 파고들기 시작했다.

"미쳤어? 왜 안 멈춰?"

이용운도 다급한 목소리로 소리쳤다.

'위험하단 뜻이다!'

이용운의 목소리가 빨라진 것을 통해서 홈승부가 어려울 것임을 직감한 박건이 재빨리 물었다.

"송구는 정확합니까?"

"3루 측으로 조금 치우쳤다."

'여기까지.'

지금 박건이 이용운을 통해서 얻을 수 있는 정보는 여기까지였다.

쐐애액.

헤드퍼스트슬라이딩을 시도하며 박건이 의도적으로 몸을 비틀었다.

'최대한 멀리.'

3루 측으로 치우친 송구를 받은 포수의 태그가 조금이라도 늦어지도록 몸을 비틀며 슬라이딩을 시도한 박건이 왼손을 쭉 뻗었다.

탓.

박건의 손끝이 홈베이스에 닿은 순간, 태그플레이를 시도한 포수의 미트가 가슴에 닿았다.

'내가… 빨랐어.'

박건이 고개를 들어 주심을 올려다보았다

그리고 박건과 시선이 마주친 순간, 주심이 양팔을 가로로 벌렸다.

"세이프."

'됐다.'

일순간에 긴장이 풀리며 온몸에서 힘이 빠져나갔다.

다시 일어날 힘도 없어서 박건이 그라운드에 드러누운 채 히죽 웃었을 때, 이용운이 소리쳤다.

"미친놈."

박건이 웃으며 입을 뗐다.

"미친 선수가 나와야 이긴다고 했잖습니까?"

대화는 거기서 끊겼다.

"끝내줬다."

"미쳤다. 이 돌아이."

"끝내기다."

바닥에 대자로 드러누워 있는 박건의 위로 물을 뿌리며 달려 나온 청우 로열스 선수들이 덮쳤기 때문이었다.

＊　　　　＊　　　　＊

〈역대급 명경기가 펼쳐진 한국시리즈 1차전, 청우 로열스가 먼저 웃었다.〉

숙소 침대에 드러누운 채 스마트폰으로 기사를 바라보던 박건의 표정이 굳어졌다.

"왜 내 이름이 빠진 거야?"

기사의 제목에서 자신의 이름이 빠진 것이 내심 서운했기 때문이었다.

그렇지만 박건은 이내 굳어졌던 표정을 풀었다.

포털사이트 실시간검색어 순위 1위에 자신의 이름이 떠올라 있는 것을 확인했기 때문이었다.

"스마트폰 그만 봐라. 시력 나빠진다."

그때, 이용운이 지적했다.

틀린 지적은 아니었다.

스마트폰을 오래 사용하면 시력에 악영향을 끼친다.

그렇지만 박건은 스마트폰에서 시선을 떼지 않은 채 대답했다.

"오늘은 좀 봐주세요. 날이 날이잖아요."

청우 로열스의 한국시리즈 1차전 승리를 확정지었던 끝내기 그라운드홈런이 남긴 인상이 워낙 강렬해서일까.

박건은 실시간검색어 순위 1위에 올랐을 뿐만 아니라, 박건의 이름이 제목에 적혀 있는 기사들도 쏟아져 나오고 있었다.

그러나 이용운은 느긋하게 기다리지 못했다.

"대충 보고 나랑 얘기 좀 하자."

"무슨 얘기요?"

"할 얘기가 아주 많다."

이용운의 대답을 들은 박건의 입가로 미소가 떠올랐다.

'어지간히 궁금한가 보네.'

이용운이 이렇게 재촉하고 있는 이유는 박건도 충분히 짐작이 가능했다.

서광현과의 대결에서 자신이 어떻게 구종 예측을 정확하게 했는지도 궁금할 것이었고, 끝내기 그라운드홈런을 기록했을 때 3루에서 멈추지 않고 무모하다 싶을 정도로 과감한 홈 쇄도를 선택했던 이유도 궁금할 터였다.

지금 이용운은 빨리 이 의문들을 해소하고 싶어서 애가 탈 것이었다.

그렇지만 박건은 좀 더 이용운의 애를 태우기로 결심했다.

'그동안 당한 게 많으니까.'

"전화부터 좀 하고요."

"전화? 누구한테 전화하려고?"

"어머니요."

"어머니?"

"제 전화를 얼마나 기다리고 계시겠습니까?"

차마 어머니한테 전화를 건다는 것까지는 말리지 못하고 이용운이 한숨을 내쉬며 말했다.

"짧게 해라."

박건은 대꾸하지 않고 어머니에게 전화를 걸었다.

"저예요. 오늘 경기 보셨어요? 아뇨, 경기에서 이겨서 그런가? 하나도 안 힘들어요. 내일요? 내일도 당연히 출전하죠. 아마 내일은……."

박건이 약 10여 분에 걸친 통화를 마치자마자, 이용운이 기다렸다는 듯이 입을 뗐다.

"이제 됐지? 그럼 본격적으로……."

금방이라도 숨이 넘어갈 것처럼 이용운이 다급한 목소리를 꺼냈지만, 박건은 느긋하게 대꾸했다.

"얘기는 나중에 하시죠."

"나중에 하자고?"

"좀 피곤하네요."

박건이 스마트폰을 던지며 대답하자, 이용운이 언성을 높였다.

"야, 한 게 뭐가 있다고 피곤해?"

"이 정도면 많이 했잖아요."

반박할 말이 없기 때문일까.

이용운의 말문이 막힌 순간, 박건이 희미한 미소를 머금은 채 입을 뗐다.

"이제 제 맘을 좀 이해하시겠죠?"

"무슨 뜻이냐?"

"나중에 알려주마. 알 것 없다. 그냥 믿어라."

"……?"

"선배님이 제게 자주 하셨던 말씀입니다. 그때마다 제가 얼마나 애가 탔을지 짐작이 가십니까?"

"미안… 하다."

이용운에게서 원하던 사과를 받아내는 데 성공한 박건이 입을 뗐다.

"뭐부터 시작할까요?"

"응?"

"가장 궁금한 게 뭡니까?"

박건의 마음이 변할 것이 두려운 걸까.

이용운이 재빨리 물었다.

"왜 3루에서 멈추지 않고 홈까지 파고들었지?"

박건이 지체 없이 대답했다.

"그게 득점을 올릴 수 있는 마지막 기회라고 판단했습니다."

『내 귀에 해설이 들려』 6권에 계속…